イミテーション・プリンス

きたざわ尋子

幻冬舎ルチル文庫

CONTENTS ✦目次✦

イミテーション・プリンス

✦カバーデザイン＝久保宏夏（omochi design）
✦ブックデザイン＝まるか工房

イラスト・陵クミコ✦

イミテーション・プリンス

本当はこんな生き方を望んでいたわけではなかった。

夜の帳《とばり》が下りた頃に家を出て、品のない夜の街でキャッチを——ようするに客引きをやり、客になりそうもない相手ならばうまく乗せて奢《おご》ってもらう。相手は女だったり男だったりするが、身体《からだ》を許したことは一度もない。その場限りの偽りの未来を語り、曖昧《あいまい》な約束をし、笑顔ではぐらかして切り抜けている。

「連絡するね」

携帯電話もスマートフォンも持っていないからと言って相手の番号だけもらい、そんなことを言った数分後にはそのメモを捨てる。その繰り返しだ。

いつまでも通用する手じゃないことはわかっている。そのうち刺されたりストーカーのように付きまとわれたりする日が来るかもしれないという漠然とした覚悟もあった。

そうやって明け方に帰宅して眠りに就き、目を覚ますのはだいたい昼過ぎ。それから顔なじみの雑用をやって小銭を稼いで、わずかばかりの食料を買う。

小坂裕理《こさかゆうり》の生活はこんなものだった。体調が悪いことも多く、仕事に行かない日もあったから、生活は困窮している。

また一人、男が声をかけてきた。それを誘導し、客としてとあるバーへと連れていけば仕事は成立だ。さらに相手にたくさん飲ませて支払い額を多くすれば、その分小遣いも多くもらえる。

「行きつけのとこでいい？」

「高い？」

「んー、チャージが五百円くらいで、シングルが千円くらいじゃなかったかな。俺は甘いカクテルしか飲まないから、ちゃんと覚えてないけど」

「普通だね。っていうか甘いのしか飲まないの。可愛《かわい》いな」

「一杯奢ってくれる？」

「いいよ」

「やった」

浮かべた笑みは本物だ。これで今日は報酬が出る。日によっては一人も成功しないこともあるから、こうしていい感触があると嬉しくなる。

ビルの二階にあるバーは、ニューハーフのママがやっている店だ。ニューハーフとは言ったが、実際のところはよくわかっていない。その手の人たちの詳しい区別の仕方が裕理にはよくわからないからだが、ママが女性の格好をして女性の言葉遣いをしていることは確かだ。ただし彼の――いや彼女の身長は裕理などよりずっと高く、ヒールを履《は》くと軽く百八十センチを超えてしまう。スレンダーだし、きれいな顔をしているとは思うのだが、女性に見えるというわけではなかった。

そんなママとの出会いは、裕理がこの街に来た初日のことだった。物慣れない様子が目立ったのか、質《たち》の悪い男たちに絡まれて路地裏に連れ込まれ、あやうく性的な意味での暴行を受けそうになった。たまたまそれがママの店が入っているビルの脇だったから、見て見ぬ振りは出来ないと助けてくれたのだ。

そして右も左もわからない裕理にこの街のことを教えてくれた。酔っ払いのあしらい方、下心がある男のかわし方、その気がある女の扱い方――。

彼女は悪い人ではないが、いい人でもない。礼は行動で返せばいいと言われ、以来裕理は彼女の店へと客を運んでいる。いまだに上達はしないが、見た目はともかく性格的には向かないと初対面のときに断言されていたせいか、呆れられることはあっても文句を言われたことはなかった。

ずるずると二年がたってしまった。その気になれば、この生活から脱出できることは知っている。まともな仕事にだって就くこともできるだろう。だがその気力がないのだ。いや、気力がないというよりは、すべてに投げやりになったまま戻らないと言ったほうが正しいかもしれない。

二年前に唯一の肉親だった母を亡くしてから、裕理は長い夢を見ているような気がしている。それもあまりよくない夢を。

大好きだった母親を失ったショックと、一人になってしまったという寂しさと孤独感。そういったものから逃げているだけかもしれない。まるでふわふわと漂い続けているようでもあり、感情や思考すらひどく緩慢になっているようでもある。

なにも考えずにいるのは楽な反面、言いようのない焦燥感をもたらした。

親戚もなく、友達と呼べる者もいない。これでも昔はそれなりに友達がいたのだが、彼らとはもう二年以上も連絡を取っていなかった。というよりも裕理は生まれ育った町から、逃げるようにしてここへ流れ着いたのだ。誰にもなにも言わずに、すべてを置いてきてしまった。そのことは心残りではあるが、きっともう彼らも裕理のことなんて忘れただろう。もともと薄い付きあいだった。親友と言えるような相手などいなかったのだ。

逃げた理由はシンプルだ。母親は少なくはない借金があった。友人のために背負うはめになった借金で、友人——いや元友人の行方はわからなくなった。そのせいで彼女は寿命を縮めたようなものだった。

到底返しきれなかったそれを、もちろん裕理は放棄した。そして人の目から逃げてきたのだ。もともと母親の出身地ではなかったことも、あっさり居場所を変えられた理由だろう。愛着がある土地だったなら裕理はきっとしがみついたはずだった。

道行く人を見るとはなしに眺めながら、ぼんやりと思う。

早めの出勤をする人々や学生たちが駅に向かって歩いていた。裕理はその流れに逆らうようにアパートへ向かう。

あのとき進学していたならば、同じようにこの時間に駅へと歩いていただろうか。眠るために帰るのではなく。

「いまさらか……」

病床にあった母親のことで気持ちを乱し、受験どころでなくなってしまったし、もし無事に合格していたとしても、通い続けられたかどうかの自信はない。現状を考えると、やめる可能性のほうが高そうだ。そしていまと同じような生活を送っていたかもしれない。

這《は》い上がるためには気力と、そしてきっかけが必要だ。少なくともいまの裕理には、なにもない状態から奮起して人並みの生活に戻ることはできそうにない。犯罪に手を染めていないだけマシと思うほかなかった。たとえグレイゾーンの仕事だとしてもだ。

自嘲《じちょう》しながら脇道に入り、しばらく歩くと古いアパートが見えてきた。

風呂はなく、トイレも炊事場も共同で、すきま風が入り放題の狭くて安いアパートだ。住人には学生もいなければ、まともな勤め人もいない。裕理の隣に住んでいる年寄りなどは、自称元泥棒だ。常に酔っているので、本当かどうかもあやしいものだったが。

「おーう、おかえり。朝から暑いねぇ」

ちょうど出てきた隣人は、いつものように朝から赤ら顔で足もとがおぼつかなかった。今日はまた特に酔いが激しいようだ。ただでさえ暑いのに、彼を見たら余計に暑苦しくなってきた。

無視して部屋に入ろうとすると、「まぁまぁ」などと言いながら絡んでくる。

ついていない。この老人は絡み癖がひどく、すぐには解放してもらえないのだ。強引に振り切れないのもいつものことだった。

悪い人ではない。いや、元泥棒というのが本当ならば、いろいろと問題はあるのだが、裕理にとって彼は憎めない相手なのだ。二年も隣人をやっているうちに情が移ったのかもしれない。

彼は聞きもしないのに鍵の開け方などをレクチャーするし、侵入しやすい家だとか目星の付け方、侵入してからの効率のいい行動などについても教えてくれる。

正直迷惑だった。だが泥棒の手口を知っていれば防犯にも役立つというのが老人の主張で、同じ話を何度も聞かされていた。

「鍵の開け方は防犯に役立たねぇだろ。じーさん」

窓ガラスの破り方というならば役立つかもしれないが、書斎机や箪笥《たんす》の鍵などの開け方を知っても困るだけだ。そう言うと、老人は鼻で笑った。

「鍵をなくしたときに役立つぞ」

「そんな立派な机も箪笥もねぇよ」

部屋にあるのは拾ってきたカラーボックスくらいで、鍵が必要なものなどない。ましてや貴重品など置いてもいなかった。全財産を常に持ち歩いているからだ。

「金持ちのいい女でも引っかけてくりゃいい。坊主《ぼうず》なら何人でも引っかかるだろうよ。いい顔しとるからな。掃《は》き溜《だ》めに鶴《つる》だわ」

老人はからからと笑った。

「ヒモになる気はねーよ」

「似たような真似《まね》しとるんだろうが」

「…………」

食事くらいならば身体を使わなくてもなんとかなるが、本格的にヒモや愛人になるならばそうはいかないだろう。女性を相手にするならば経験やテクニックが致命的なほど足りないし、男を相手にするのは生理的な問題で無理だ。なにより裕理の気持ちがそれを受け入れられない。

溜め息をつき、裕理はドアノブに手をかけた。

「眠いから、もう勘弁して」

「おぉ、そうかそうか」

やけにあっさり頷《うなず》いたものだと思いながら部屋に入るとき、別の部屋から数人が出てくるのが見えた。新たなターゲットを見つけたせいだったようだ。一番手前の部屋には不法滞在らしい外国人が常に数人出入りしている。にもかかわらず表札には日本人の名前というあやしさだ。

つまりはそういうアパートなのだ。保証人がいらない代わりに、滞納すれば待ったなしで追い出される。裕理はもう何人もそういった住人を見てきた。おかげでいまでは老人に次ぐ古株となってしまった。

部屋に入ってすぐ、窓を開けてカーテンだけ閉めて、あくびをしながら布団《ふとん》に入った。外よりもさらに室内は暑く、計ればきっと三十度を超えているだろう。この時間からこうなのだ。きっと起きる頃にはうだるような暑さになっているに違いない。

まだ七月に入ったばかりだというのに、夏の盛りが思いやられる。比較的涼しい地域で育った裕理にはことのほか暑さがこたえた。

せんべい布団に転がって、そのまま目を閉じる。眠たいのは本当だったから、目を閉じてすぐに意識は深く沈み込んでいった。

しつこいノックの音が、ひどく遠くから聞こえる。

裕理には訪ねてくるような知りあいはいない。アパートの住人や大家はこんな上品やノックはしないし、ドアを叩《たた》くと同時に怒鳴《どな》って裕理を呼ぶ。

つまり出る必要はない客ということだ。無視して寝ようとしていると、ノックが止んで代わりに張りのある声が聞こえてきた。

「小坂裕理さん。お話があるんですが、出てきていただけませんか」

意識はたちどころにはっきりした。低いがよく通る、どこか硬質な声は、不思議なほどすっと耳に入ってきた。

そう年はいっていない。だが落ち着いていて裕理などよりはずっと上だろうと思わせる。冷たさを感じるのは事務的だからだろうか。

裕理はぼんやりとドアのほうへと視線を向けた。

「小坂さん」

「……はい」

寝起きで少し掠《かす》れた声が届いたかどうかはわからない。だがドアの向こうで相手は黙りこんだし、ノックも止んだから、おそらく聞こえたのだろう。

汗をぬぐいながら起き上がり、からからに渇《かわ》いた喉《のど》を気にしながらドアを開けにいく。

頭はまだぼんやりとしていて、誰何《すいか》することもなく裕理はドアを開けた。

そうして目の前に立っていた人物を見て、軽く混乱してしまった。

声に覚えがないと思った通り、初対面の相手だ。これまで接点はなかったと断言できる相手だった。なのになぜ混乱したかと言えば、それは彼がこの場にまったくそぐわない出で立《いた》ちと雰囲気を持っているからだ。

上質なスーツを身に着け、背筋もピンと伸びていて、真っ黒な髪は軽く流されてきれいに整えられている。どの角度から見ても身だしなみは完璧で、シャツも皺《しわ》一つないのだろうと思わせた。

顔立ちもまた整っていて、理知的な目が印象的だ。目元に鋭い印象はあるが、全体の雰囲気にはよくあっているし、声からのイメージにもぴったりだった。派手なタイプではない。

だが身長はドアの高さよりも高く体格もいいから、人目を惹《ひ》くのは間違いないだろう。

真面目《まじめ》そうというよりは、冷徹というイメージだ。とにかくこんな古くて汚いアパートの廊下には不釣り合いの人物だった。

「え……っと……」

「お休みのところを失礼。少しよろしいですか」

「は、はい……」

有無を言わせぬ口調に押され、裕理は反射的に頷いていた。だがすぐにはっと我に返り、部屋のなかを振り返った。

散らかるほど私物はないのでそれはいいのだが、敷きっぱなしの布団と変色した畳《たたみ》や壁がひどく恥ずかしい。気にしたこともなかったのに、こんな男に見せていいものではないと思った。ましてこの部屋で話をするなんて——。

「あ、あのっ、ちょっと待ってて。ここ暑いし汚いし、話は外で聞くってことで……！」

「そうですね。では、アパートの前でお待ちしています」

男はそれだけ言って踵《きびす》を返した。表情一つ変わらなかった。

一人になって、ようやく頭がまともに動き出した。

「……誰……？」

一体何者で、なんの用事で裕理のところへ来たのだろう。夜の街で声をかけたとかかけられたということはあり得なかった。あんな印象的な男を忘れるはずがない。役所関係というのもないだろう。そうならばまず名乗るし、そもそも雰囲気がそういった感じではなかった。どこかのエリート社員か、官僚か弁護士か……そんなイメージの男だった。

「威圧感、ハンパないんだけど……」

正直、怖かった。見下ろされる形だったのも影響しているだろうが、冷たい視線がなによりも理由だった。

溜め息をついてから裕理は慌てて着替えると、顔を洗って部屋を出た。汗をかいた身体はさっと拭《ふ》くのが精一杯だ。なにしろここには風呂などないのだから。

廊下へ出ると、興味津々といった感じで別の部屋の住人がドアからこちらを見ていたが、裕理を見てさっと部屋に戻った。

外を選択したのは正しかったようだ。部屋で話そうものならば、ドアに張り付かれていたかもしれない。

男はアパート前の日陰に立っていた。かなり暑いのに汗一つかいていないし、むしろ涼しそうな顔をしていた。無表情に近いこともあって、まるで人間ではないように思えてくる。

彼は裕理を見て小さく黙礼した。

「立ち話もなんですので、どこかに入りましょうか」

「その前に、あんたが何者か教えて」

「確かに」

抑揚に乏しい声が同意を示すが、顔のほうはまったく変化がない。そのまま差し出された名刺は、シンプルだが厚手で、妙に高級感があるものだった。

名刺には「橋本《はしもと》ホールディングス会長秘書」「橋本商事株式会社代表取締役相談役」という二つの肩書きが並んでいた。

見てもピンとくる会社名ではなかったが、一般知名度が低くても大きな会社というのがあることや、知名度と規模が必ずしも一致しないことを裕理は知っていた。夜の街で引っかけた相手たちの話を、いくつも繋《つな》ぎあわせた上でのことだ。相談役というのがよくわからないが、会長秘書というのは理解できた。

とにかく民間の人らしい。名前は、加堂彰彦《かどうあきひこ》。ますます心当たりがなくて困惑した。

「こちらが免許証です」

見せられたものに記載されている名前は名刺と同じだし、写真も間違いなく目の前の男だった。

「それで……？」

「表通りに戻ったあたりにカフェがありましたので、話はそちらで」

「はぁ」

連れられて入った店は毎日のように通りがかるけれども一度として入ったことのない、小《こ》洒落《じゃれ》たカフェだった。

店内は涼しく、入った途端にほっと息が漏《も》れてしまう。

こういう店に入るのは、誰かに奢ってもらうときだけだ。コーヒー一杯に数百円も払う気がないからだった。

裕理ははたと思い出す。てっきりアパートの前で話すのだと思っていたので持ってきたのは鍵だけだった。

「あの……俺、財布持って来なかったんだけど」

「ご心配なく。お連れしたのはこちらですから。なににしますか？」

「えっと、じゃあ……バナナジュース」

メニューに目を走らせて、即決した。コーヒーや紅茶なんかでは腹の足しにならない。値段はコーヒーよりも高いがこの際だから気にしないことにした。なにしろ寝ているところを起こされたのだ。午前十一時といえば普段はまだ眠っている時間だ。この時期は暑さと戦いながらだから、ぐっすりとはいかないけれども。

加堂は一瞬だけ虚をつかれたような顔をしたが、すぐに元の無表情に戻って店員を呼んだ。

「コーヒーとバナナジュース、それとミックスサンドを一つ」

早めのランチを頼んでいる声を聞きながら、裕理はじっと自分の手元を見つめていた。加堂と視線を合わせるのは少し怖かった。

どう考えても彼は裕理に対して好意的ではない。最初にその姿を見たときから感じていたことだが、彼は嫌悪だとか侮蔑《ぶべつ》といった感情を隠そうとしないのだ。滲《にじ》み出るそれらの感情と無表情のせいで、丁寧な口調も皮肉にしか聞こえなかった。

「そう固くならなくても結構です。あなたにとって悪い話ではないはずですので」

「……はぁ」

「あなたのことはいろいろと調べさせていただきました。正確に申し上げますと、小坂理絵《りえ》子《こ》さんを調べ、その延長であなたを……ということですが」

「は……？　なんで、母さん……」

裕理は思わず顔を上げてしまい、加堂と目をあわせることになった。やはりその目は冷ややかで、ここにいることさえも不本意なのだと言われているような気がした。

それでも目は逸らさなかった。なによりも大事な母親のことだ。すでに亡くなっているとはいえ、もしも彼女の名誉に関わることならば、裕理はそれを護《まも》らねばならないのだ。

「あなたの戸籍の空欄について……と言えば、ご理解いただけますか」

「っ……」

裕理は大きく目を瞠《みは》り、言葉もなく加堂を見つめた。

空欄――それは父親のことにほかならない。理絵子はいわゆる未婚の母というやつで、父親がどこの誰かという話は、とうとう語ることなく逝《い》ってしまった。人となりについては少しだけ話してくれたが、具体的なことは裕理にさえ言ってくれなかったのだ。おそらく知ったら裕理が会いに行ってしまうかもしれないと危惧《きぐ》していたのだろう。つまり会わせたくないか、向こうに迷惑をかけてはいけないと考えていたわけだ。

彼女の死後、なにか手がかりはないかと探してみたが、それらしいものはまったく出てこなかった。友人だという人も知らないと言っていた。そもそも理絵子は深い付きあいを好まない人で、そのときどきの環境で数人の友人を作り、別の環境になれば新しい友人とばかり付きあって以前の友人との疎遠になる、というタイプだったらしい。完全に切れてしまうわけではないようで、自分から連絡することはなくても相手からくれば、話したり会ったりもしていたようだ。

だがけっして薄情な人ではなかった。むしろ情の深い人だったと言える。ただ人付きあいに関してのキャパシティがとても小さく、どうしてもそうなってしまうのだと苦笑していた。

そんな彼女が生涯想《おも》い続けた相手――裕理の父親について、加堂は知っているのかもしれないのだ。期待と不安で胸が潰《つぶ》れそうで、無意識にシャツをきつくつかんでいた。

「俺の父親……」

「誤解のないように申し上げておきますが、その可能性がゼロではない、という程度の話です。期待はしないでください」

「そういうのって調べればわかるんだろ？」

「残念なことに、十年以上前に亡くなっていましてね。火葬した遺骨からはＤＮＡ鑑定はできないそうです。遺髪なども残っていません」

「……そんなに前……」

「顔は完全に母親似のようですね」

故人だと言われ、裕理は意気消沈した。天涯孤独の身である裕理が、父親の存在を望んでしまうのは仕方ないことだろう。

「ところで、小坂理絵子さんから、あなたの父親についてなにか聞いていませんか？」

加堂は自分のペースが話を進めていく。次々と情報を突きつけられる裕理はついていくので精一杯だった。

「父親の名前は聞いてない。けど、ちょっと年下だったってことと、その人がすごくきれいな顔した人だってことは聞いた。あと、血の繋がってない父親をすごく大事にしてたとか言ってたかな」

「……そうですか。とにかくこちらとしましては、あなたを保護させていただきたいと考えています」

「は……？」

「もしあなたが実際に、こちらの探している人ならば、とてもあんな環境に置いておくわけにはいかない。夜な夜なやっていることなど、もってのほかです」

突き放したような言い方に合点がいった。知っているから、加堂は最初からこんな態度なわけだ。

とても褒《ほ》められたことではないのは自覚していた。だがこうして侮蔑の目を向けられると、情けなくて恥ずかしくて、いますぐにでも謝って逃げたくなってしまう。

それがなんの解決にもならないこともわかっているから、必死で自分をこの場に押しとどめているけれども。

「万が一、ということがありますからね」

加堂はいかにも気が乗らなそうだ。まるで何かの間違いであることを望んでいるようだった。おそらく裕理は彼のなかで最低の評価をつけられていて、そんな人間が落としだねであって欲しくはない、ということなのだろう。

思わず溜め息をついた。蔑《さげす》まれてまで行く意味は果たしてあるのか。父親が故人だというならば、裕理には加堂の申し出を受けるメリットはない。生活を保証されるとしても、それは一時的なものだろうから、やがて放り出されることを考えたら、むしろリスクしかないような気がした。

「俺のことが気に入らないなら、放っておけばいいじゃん」

「ですから、可能性がある限り放ってはおけない。先ほどそう申し上げましたが？　わたしの個人的感情はどうでもいいんです」

「ふーん……」

「先ほど、あなたにとって悪い話ではない、と言いましたよね」

「いまんとこ、いい話でもないよ。だってあんた、父親って人の名前も言ってくんない。言う気ないんだろ」

「わたしについてくることを承知してくだされば教えますよ」

父親のことを知りたい。その家族はどうしているんだろう。そんな気持ちは確かにあったが、いまは沸き上がった感情のほうが優先された。

「いいよ、別に。どうせ死んじゃってるんだろ。虫ケラみたいな目で見られてまで、あんたについていきたいとは思わねぇし」

早くジュースが来ないかと、無意識に厨房のほうへと目をやってしまう。早く飲んで、さっさと帰って寝直してしまいたかった。

父親のことは以前からずっと知りたいと思っていた。とはいえ可能性は低いそうだし、母親の話してくれた人物と加堂が言う人物が同じとも限らないのだ。なにしろ二十年以上も前のことだ。調査というのがどこまで正確かもわからない。

コツン、とテーブルを指先で叩かれ、その音で裕理は意識を戻した。

「気に障《さわ》ったなら失礼。ですが、感心できない『仕事』をなさっているようですのでね」

「でも連れてくバーは別にぼったくりってわけじゃねぇし、俺はウリやってるわけでもないんだけど」

「毎日のように他人にたかっているわけでしょう。デート商法に近い形の客引き……という調査報告ですが、それについて反論は？」

「………………」

そんなに大層なものではないはずだが、裕理はムッとするだけでなにも返さなかった。もともと好きでやっているわけじゃないのに、こんなふうに言われると悔しくて、むしろなにも言いたくなくなる。

やはり断ろう。そう思ったときに注文していたものが一気に運ばれてきた。

店員はなにも聞かずジュースを裕理の前に、コーヒーを加堂の前に置いた。あっているからいいが、おそらくイメージで勝手にやったことだろう。そしてサンドイッチの皿を手に、ようやく尋ねてきた。

「ミックスサンドのお客さまは……？」

「そちらに」

加堂が言うままに店員は皿を裕理の前に置いた。

「え?」

「ブランチにどうぞ」

「……どうも」

くれると言うならば食べてやる。裕理はジュースで喉を潤してから、サンドイッチにぱくついた。これで一食浮いた。付けあわせのポテトチップスも合間に食べ、バナナジュースで流し込む。

味なんてよくわからなかった。目の前で冷ややかな視線を送ってくる男がいるのに、暢気《のんき》に味わってなどいられない。

「話を続けますが、十分なメリットがあると思いますよ。まず第一に、いまとは比べものにならない好環境で生活できます。清潔で適度な広さもあり、食事も出ます。それにわたしとは、そうそう会うこともないでしょう。たとえあなたが赤の他人だったと判明しても、それまでの生活費などは請求しませんし、その後の就職や住居に関しても協力を約束します」

もそもそとサンドイッチを咀嚼《そしゃく》していた裕理は、はっとした顔を上げた。一気に頭がクリアになった気がした。

「それって紹介してくれるってこと?」

「ええ」

「ちゃんとしたアパート借りるときも、保証人になってくれるとか？」

「そうです。初期費用くらいなら出すと約束しましょう」

「………」

ぐらぐらと気持ちが揺れた。現金と言われようと、いまの裕理にとっていまのは大きな餌《えさ》だった。

惰性《だせい》で生きていたところに、思いがけず力が加わったような気分だ。これは裕理が望んでいた「きっかけ」なのかもしれない。

仕事なんて自分にできることならなんでもいい。後ろ暗いところのない勤め先で、健全で、正社員として雇ってくれるのであれば。間違いなく目の前の男はまともなところを紹介するだろう。適当なことができる男ではないような気がする。

「見極めの期間って、どれくらい？」

「わかりません。わたしの雇用主が判断するまで……としか」

「じゃあ一日で『違う』って言われる可能性もあるってこと？」

「そうなりますね」

「その場合も、さっき言ったことは有効？」

「もちろんです」

よどみなく答え、加堂は頷いた。

「わかった。あんたの言うとおりにする」

もう迷いはなかった。久しぶりに朝——もう昼近いが——からまともに食事をして、珍しく頭が冴《さ》えているせいかもしれない。ここ数年感じたことがないほど気力が湧いているのを実感した。

目が覚めた気分だ。母親が亡くなってから見ていた長い夢から、ようやく現実に戻ってきたような。

言い訳に過ぎないことはわかっていた。逃げ出して、母親の死を言い訳にして、流されるまま現状に甘んじていたのは裕理の弱さでしかない。そんな自分をこれ以上嫌いになりたくないから、このチャンスにしがみつこうと決めた。

サンドイッチを噛《か》みしめながら裕理はひそかに決意する。

そんな彼を、加堂は観察するようにじっと見つめていた。


必要なものだけを持っていくよう言われて荷造りをしたら、自分でも驚くほどにわずかな量になった。

母親の位牌《いはい》と、どうしても捨てられなかったいくつかのもの。それとわずかな現金や印鑑などの貴重品だ。大きくもないバッグ一つでこと足りた。服は相応《ふさわ》しいものを用意するので必要ないと言われてしまい、すべて置いてきた。もともと古着だったり、安い量販店で買ったものばかりだし、惜しむこともなかった。

小振りなバッグ一つで現われた裕理を見て、加堂もさすがに驚いたようだったが、なにも言わずに後部座席のドアを開けた。彼はアパートから目と鼻の先にあるパーキングで待っていたのだ。

「アパートは解約の手続きをします。もう戻ることはないと思ってください」

隣人の顔がふっと浮かんだが、誰彼なく絡んでいく彼のことだ。すぐに裕理のことなど忘れてしまうだろう。

「いいけどさー、一目で違うって言われたらどうすんの。住むとこがなくなるのは困るんだけど」

「その場合は新しい住まいが決まるまでホテルに部屋を取りますよ」

「マジか……」

予想もしていなかった返答にめまいがしそうだ。暑さのせいもあるかと思い、急いで後部シートに座った。車内はエアコンが効いていて、外の熱気から解放された裕理はほっと息をついた。シートの感触もよく、滑るような走りに高級感があった。

「着くまでのあいだに、追加の説明をさせていただこうと思いますがよろしいですか」

「うん」

「まず、あなたの父親の可能性のある方は、橋本英司《えいじ》さんとおっしゃいます」

「……橋本、英司……」

初めて聞く名前だった。母親の口からその名が出たことはなかったし、遺品のなかにそういった名前もなかった。

だが特別な感慨が裕理のなかに生まれたのは確かだった。どこかくすぐったくて、懐かしい気がしてしょうがない。

黙りこんでいる裕理にかまうことなく加堂は続けた。

「亡くなったのは、いまから十八年前。二十二歳のときです」

「若……」

予想外に早かった死に思わず呟《つぶや》いていた。現在の裕理とたった二つしか違わないなんて、あまりにも早いだろう。

「そして、今回彼の子供を探すよう指示を出したのは、橋本隆《たかし》という方です。戸籍上では英司さんの父親ですが、英司さんは奥様の連れ子になります」

「あ……」

血の繋がらない父親を持つ男……その点で、母親の語った人物と英司は同じだ。そして年齢も母親より少し下ということになる。

加堂は裕理の反応に気付いているのかいないのか、淡々と続けた。

「先ほどDNA鑑定ができないと言ったのは、血縁関係がないためです」

加堂は懇切丁寧に、隆と英司のあいだに血縁関係がないので、隆と裕理の鑑定をしても無駄なのだ、と説明した。

「あなたがもし英司さんの子だと認められれば、橋本隆の孫ということとなるわけです」

「でも……どうして、いまになって探してんの？」

「先日、会長は倒れられましてね。多少、弱気になった部分がおありなのでしょう。入院先で、孫の見舞いを受ける患者を見かけたことも少なからず影響していると思いますが」

「でも血は繋がってないんだろ……？」

「溺愛していたんですよ。実の息子のように、橋本は英司さんを可愛がっておられた。実の親子以上に仲がよく、お互いを大事にしている人たちでしたよ。英司さんは、少々女性関係が華やかでしたがね」

「英司さんのお母さんは？」

「亡くなりました。英司さんが高校生のときです」

「そっか……」

小さく呟いて、裕理は口をつぐんだ。

橋本英司という人も、かなり身内の縁が薄い人だったようだ。実の父親も幼い頃に亡くしていて、母親亡き後は隆だけが唯一の身内だったのだ。それでも裕理よりはずっとマシだろう。継父《けいふ》とは言え親が一人いて、なに不自由なく暮らしていたのだから。

「こちらが、橋本の家です」

「は……え……？」

顔を上げた途端、目に飛び込んできたのは、豪邸としか言いようのない邸宅だった。高い塀《へい》に囲まれ、門もまた驚くほど高い。高さは三メートルくらいはありそうだ。それがいま自動で開いているところだった。

車がゆっくりと通り過ぎると、また門が閉まっていく。門から玄関までのアプローチも長く、建物が三棟建っている。洋風の母屋《おもや》と離れ、そしてレンガ造りの蔵だ。庭も広く、とても都心から数十分の場所にあるとは思えなかった。

会社の規模はわからなかったが、グループだとか会長だとかいった単語が出てきたから資産家だろうとは思っていた。だが裕理の想像などはるかに及ばない規模だ。

「どうぞ」

車寄せで停めた加堂に促され、裕理は車外へ出た。途端に湿り気を含んだ熱い空気に包まれたが、緑が多いためなのかいくぶんマシに感じた。

観音《かんのん》開きの重厚な扉を開けて家に入ると、品のいい六十絡みの男性が近付いてきた。紳士といった風情だ。

「おかえりなさいませ」

「いまから会長に会って問題ないか？」

「はい。先ほどお茶をお持ちしたところです」

「そうか」

鷹揚《おうよう》に頷いて加堂は歩を進め、執事のような紳士は裕理と目があうと恭《うやうや》しく礼をしてから、玄関を出て行った。どうやら車をどこかに移動させるようだ。

裕理が黙ってついていくと、加堂は振り返ることもなく廊下の奥にあるドアをノックした。

「失礼します。小坂裕理さんをお連れしました」

広い部屋には食事が出来そうなテーブルと椅子《いす》、窓際にはオットマン付の肘掛《ひじか》け椅子があった。

そして大きなベッドには、白髪の瘦《や》せた老人がいて、起こした身体をクッションに預けて本を手にしていた。彼は裕理をじっと見つめ、それから視線を加堂に移した。驚いた様子はなかったから、裕理のことは伝え聞いているということだろう。

加堂はベッドサイドに椅子を一つ用意し、座るように言った。自分はその横に立っているつもりのようだ。

「座りなさい」

静かだが有無を言わせぬ声がベッドから飛んでくる。見た目同様に、声にも張りがなかった。病に倒れたというのだから仕方ないことかもしれない。

裕理は恐縮しながら椅子に座った。

目の前の老人が、裕理の祖父に当たる人物なのだ。さっきまで自信はなかったが、加堂から聞いた話で確信した。英司は裕理の父親だ。

ナイトテーブルには、二十歳《はたち》くらいの青年とその母親と思われる女性の写真が飾られている。英司たちだということは間違いないだろう。英司は想像していたよりもきれいな顔をした男だった。中性的といってもいい顔立ちをしている。

確かに裕理には似ていなかった。裕理も大概中性的と言われる顔だが、写真の中の端整な美貌と童顔で甘い顔立ちの裕理とでは方向性がまったく違っている。

写真から目を離すと、黙って見つめていたらしい老人——橋本隆と目があった。そこに喜色は浮かんでいなかった。観察しているようにしか思えなかった。

「ある程度のことは加堂から聞いている。自分の家だと思って、好きにしなさい。欲しいものや足りないものがあれば、加堂か吉野《よしの》に言えばいい」

知らない名前を挙げられたが、おそらくは先ほどの執事のことだろう。

「加堂」

「はい」

「よろしく頼む」

「……はい。小坂さん、部屋に案内します」

「え？　あ……もう終わり……？」

祖父との対面は呆気《あっけ》ないほどすぐに終わってしまった。質問をいろいろされると思って身がまえていたのに拍子抜けだった。それにもっと隆と話をしていたかった。たとえ歓迎されていないのだとしても。

思わず加堂の顔を見て、隆に視線を戻すと、小さな嘆息が聞こえた。

「会長は闘病中ですので」

「あ……そうだよな。ごめん」

失念していたことを言われて、慌てて裕理は立ち上がった。すでに加堂はドアを開けて待っていたので、足早にドアへと向かう。

振り返って足を止めたのは、背中に視線を感じたからだ。

「えっと……今度、話しに来てもいい……？」

「……事前に吉野に言うといい」

「うん……！」

バイバイと手を振りながら部屋を出ると、もの言いたげな顔をした加堂と目があった。だが実際に彼は口を開くことなく、裕理を先導して歩き始める。

玄関のホールを通って廊下を進んでいくと、そのまま渡り廊下に差しかかった。屋根も壁も窓もあるタイプで、絵や壺《つぼ》などの飾りも置いてあり、ただの廊下にしておくのはもったいない空間だ。

離れに入ると階段を上がり、二階の部屋に通された。この離れだけでも、一般的な戸建てくらいの大きさがある。

「こちらになります」

「広っ……」

さっきまでいたアパートの部屋の何倍もありそうだ。母屋よりも新しい建物らしく、内装も調度品も、いまふうのもので統一されている。裕理のために揃《そろ》えられたわけではなく、客間として使っているようで、ベッドは大きなものが一つ置いてあった。あとはライティングデスクと小さめのダイニングテーブル、椅子が三脚ほどだ。テレビもあるし、ミニキッチンまで付いていた。

「服は夕方には届きます。日用品などで指定銘柄があれば言ってください。すぐ用意させます」

「日用品？」

「たとえばシャンプーや歯ブラシなどです」

「あ、いや別に……」

「体質でなにか特別なことは？」

「ない……です」

「そうですか。では、なにか必要なものがあったら吉野にどうぞ。部屋のものは好きに使ってかまいません。食事はどうしますか？　母屋でもいいですし、ここに運ばせてもかまいませんよ」

「えっと、家の人たちと一緒？」

「いえ。会長は部屋で召し上がりますし、わたしはこれから仕事に出かけます」

「え、ほかにいねぇの？」

「使用人はいますが、家人と呼べる者はいませんよ」

こんな広いのに家人は二人なのかと目を瞠る。吉野たち使用人が何名いるのかは知らないが、ずいぶんと寂しいことだと思った。

「……部屋で」

「わかりました。では、そのように言っておきましょう。くれぐれも問題は起こさないでください」

「待って待って」

一礼して出ていこうとした加堂を、裕理は急いで引き留めた。ドアは半分閉まりかけていたが、とりあえず止まってもらえた。

「あのさ、祖父《じい》さ……会長の具合って……？　すごく悪いのか？」

見たところ顔色は悪くなかったが、覇気《はき》がないのが気になった。痩せ方も病的なそれで、もともとそうだったとは思えなかったからなおさらだ。

加堂は身体ごと向き直り、冷静な口調で答えた。

「無理をしなければ、いますぐにどうこうなるものではありません。治るものではないようですが、特にストレスが大敵だそうです」

「俺が会いに行くのはストレスかな」

「会いたくなければ断ってくるでしょうから、気にしなくてはもいいのでは。ああ、それから部屋にある電話ですが、横にメモを用意しておきましたので、必要に応じてどうぞ。さしあたって欲しいものはありますか？」

「いや、別に……あっ、そうだ。あのさ、俺に対して敬語ってなんか違う気がするから、やめてくんねーかな」

「ですが、あなたは会長のお孫さんである可能性がある」

「可能性だろ？　それにさ、あんたはそう思ってないみたいだし……だったらいいじゃん。偽者のくせにとか思ってるのに敬語って、イヤミでしかないよ。普通にしゃべってくれて、ついでに呼び捨てにしてくれたほうが気が楽。あんただって、ストレス少なくてすむだろうしさ」

皮肉のつもりはなかった。本当にそう思っていたから、そのまま口にしてみただけだったのだが、加堂は溜め息で答えを返してきた。

どこかバツが悪そうに見えたのは気のせいではないだろう。

「イヤミに聞こえたか」

どうやら提言は受け入れられたらしい。というより、むしろ加堂自身もそうしたかったのだろう。

「違うの？」

「……意図したわけじゃなかったが……そうだな、どうしてこんな子供に……という気持ちがなかったわけじゃない」

「子供じゃねぇし」

童顔は自覚しているが、すでに二十歳なのだ。身寄りもない状態で、立派とは言えないまでも二年間それなりに生きてきたのだから、子供ではないという自負があった。

ムッとして加堂を見ていると、あっさり鼻で笑われた。

「たいていの大人は、子供と言われてもムキになったりしないものだ。まぁ、いい。君とそんな話をするつもりはない。とりあえず、この家にいるあいだにもう少し礼儀作法を身に着けたほうがいい。真っ当な社会人になりたいなら、敬語くらい使えるようになれ」

「……わかった」

口調があらたまったと思ったら、容赦《ようしゃ》なく意見された。だがこれをさっきまでの口調で言われたら、かなり落ち込んだことだろう。心なしか目つきまで最初のときと比べたらきつさが取れたような気がした。

話はすんだとばかりに加堂が踵を返したので、とっさにスーツのジャケットをつかんでしまった。

肩越しに見られて、慌てて手を離す。

「あの、えっと……できれば俺の呼び方も、変えて欲しいなーなんて」

「どんなふうに？」

「名前で。裕理でいいんで。や、さすがに小坂さんはないかなーと」

「裕理さん」

「さんはいらねぇし」

「それこそ、ないと思うが？」

「そうかなー……だって、加堂さんってこの家の人みたいなもんだろ？　ただの秘書じゃないよな？」

「……どうしてそう思う？」

加堂はふたたび裕理に向き直った。見つめ下ろされると、あらためて体格の差というものを実感する。威圧感が並ではなかった。

「なんとなく？　あ、それに吉野さんって人と話してたときの様子」

「なるほど……まぁ、隠すことでもないから言うが、わたしも十代のときに親を亡くして、会長が後見人になってくれていた。養子にという話もあった。断ったが、結局はここが実家のような扱いになっているし、家の者も息子同然の認識、というわけだ」

「ああ……」

部下というには近すぎるように見える関係も、吉野の態度も、それならば納得だった。裕理に対する当たりのきつさも、隆を思いやるがゆえなのだろう。

「祖父さんのこと、大事に思ってるんだな」

ぽつりと言ったことに加堂は少し驚いたようで、物珍しいものを見るような目をされた。なにか言葉が来るかと身がまえていたが、結局無言のまま去っていった。

部屋に一人残されて、裕理はふうと溜め息をつく。もう少し話をいろいろと聞きたかったが、仕事があると言われてしまっては仕方なかった。

ざっと部屋のものを見てまわり、持ってきた荷物がいつの間にかクローゼットのなかに収められていたことを知った。車のなかに置いてきたものを、隆と話しているあいだに運んでくれたらしい。

時計を見たら、まだ午後の二時だった。加堂によって起こされてから、まだ三時間もたっていない。

「びっくりだよ……」

ノックの音に起こされたときには、まさかこんなことになるとは想像もしていなかった。とにかくもう歩き出してしまったのだ。後戻りはしたくないし、する気もない。この先になにが待ち受けているかはわからないが、今度こそ後悔しないようにやっていこうと、裕理は大きく頷いた。

「あの、食べ終わったんで、よろしくです」

内線で片付けを頼むと、電話の向こうでは丁寧な口調で了承が告げられた。女性の声だが、それが誰かまではわからなかった。

昨日の夕食、そして今日の朝食と昼食も、裕理はこの部屋で一人で取った。一緒に食べる相手がいないからだ。

料理は文句の付けようもなかった。夕食の数時間前に吉野がやってきて、好き嫌いやアレルギーの有無、味付けの好みなどを確認され、夕食にはそれらが見事に反映されたものが並んだ。保温機能のあるワゴンで運ばれたのだ。

昨日は和食だった。主菜に副菜が数種類、味噌汁《みそしる》もご飯もおかわりに対応できるようになっていたが、裕理はおかわりどころか残してしまった。女性の使用人――メイドが近くで待機していたのも原因の一つだった。だから今朝からは一人で食べて、終わったら呼ぶという形にしてもらった。

テーブルには白いクロスがかけられ、ランチ用のプレートとスープカップなどが置いてある。なんとか今回は食べ切れた。クロスを汚さないように神経を使うのは変わらないが、人から見られていないだけ気楽に食事ができた。

ふぅと息をつき、室内を見まわす。

清潔で広い部屋に、エアコンで冷やされた心地いい空気。住人たちの騒音もなく、黙っていても美味《おい》しい食事が出てきて、片付けも掃除もしなくていい。昨日までとは比べものにならないほどすばらしい環境に身を置いているはずなのに、溜め息は止まらなかった。

ぼんやりと窓の外を眺めているうちに、ノックの音が聞こえた。

「どうぞー」

「失礼いたします」

食器を下げに来たお手伝いさんを見て、裕理はまたも違和感を覚える。メイド服を着ているわけではなく、普段着にエプロンという姿なのだが、そもそも家のなかにそういった人たちが何人もいるということに馴染《なじ》めないのだ。

橋本家には女性のお手伝いさんが二人、男性が一人いる。それらをまとめているのが家令の吉野だ。広い家だとはいえ、住み込みで四人もいるというのが信じられない。さらに通いで運転手もいるというのだから驚きだ。

二十代後半ほどと思われる女性は、手早く丁寧に食器をワゴンに収めたあと、テーブルクロスを畳んだ。

「なにかほかにご用はございませんか？」

「ないよ。ありがと」

「では、失礼いたいします」

恭しく頭を下げて退室していくのを、裕理はただ黙って見送った。

彼女と吉野を含め、昨日のうちに全員に紹介された裕理だったが、やはり家人として迎えられたという感じはしなかった。あくまでゲストを迎えているような感じだ。昨日の今日だから仕方のないことかもしれないが。

「康介《こうすけ》さん……あっ、あのお待ちください、こちらは……っ」

慌てたような声がしたかと思ったら、見知らぬ男が当たり前のような顔をして部屋に入ってきた。

三十歳くらいのその男はそこそこのイケメンといった印象で、背は平均よりは高い。裕理と目があうとにっこりと笑い、ひらりと手を振ってきた。

誰だろう。最初に思ったのはそれだった。

「えっと……」

「初めまして。俺は須田《すだ》康介。君にとっては、お祖父さんの姉さんの孫……っていうことになる。うちの祖母はもう亡くなってるけど」

近付いてきた須田に手を差し出され、一瞬なんのことかわからなかったが、困惑しているうちに手を取られて握手の形を取らされた。そこで初めて、理解した。握手の習慣なんてないから、軽く手を握られてなお戸惑ってしまった。

「あ……は、初めまして……」

「名前、裕理くんだっけ?」

「は、はぁ……」

「よかった。会ってみたかったんだ。孫が見つかったって聞いて、急いで飛んできたんだよ。ああ、君。お茶を持ってきてくれる?」

「は……はい」

おろおろと見守っていた彼女は、一礼して下がっていった。ドアが閉められたので、ワゴンを転がす音も聞こえなかった。

須田は勝手に椅子に座り、テーブルに頬杖《ほおづえ》を突いた。

「本当は昨日、来たかったんだけどね。ちょっと仕事が長引いたものだから」

「はぁ……」

「座れば?」

これではどちらが部屋の主だかわからなかったものではない。だが昨日来たばかりの裕理より、親類の須田のほうが家人らしくても仕方ないだろう。

裕理は黙って向かいに座った。どうせお茶が届けばこういう形になるのだ。

「えっと、それで須田さんは俺になんの用が?」

「別に用ってほどのものじゃないよ。数少ない親戚だから、顔見たかっただけ」

「でもまだ俺、確定ってわけじゃなくて……」

「ああ、らしいね。まぁでも、それはそれ」

目を細めて見つめられ、ひどく落ち着かなかった。

須田の態度はきわめて好意的だ。いっそ裕理が戸惑うほどに。だが張り付いたような笑みと、妙な馴《な》れ馴《な》れしさのせいか、とても素直にその好意を受け止められなかった。理由がないからなおさらだ。

疑念を隠そうともしない加堂や冷めた隆の態度は納得できる。裕理の二年間を知っていれば仕方ないことだと思う。なにしろ証拠がなにひとつないのだ。裕理の母親が、かつて英司と付きあっていて、裕理の父親が不明という事実があるだけだった。

裕理は母親を信じているから自分が英司の子だと確信しているが、彼女を知らない人にそれを求めるのは無理というものだろう。

なのに須田は最初から裕理が本物であるかのような態度で接してくる。それが違和感となっていた。なにか裏があるのでは……と思えて仕方なかった。夜の街で見かけた、へたな客引きとよく似ていた。

「裕理くんはいくつ?」

「え?」

「年。高校生?」

「……二十歳」

「あ、大学生か」

「そうじゃなくて……」

「もしかしてフリーター？」

「……そんなようなもんです」

苦笑まじりに言うと、須田はそれ以上は触れてこなかった。彼には報告書の内容は伝わっていないようだった。

それからすぐにお茶が運ばれてきたが、裕理は口を付けずにいた。

「可愛い顔してるよね」

「え？」

「お母さん似？　英司さんには似てないみたいだけど」

「……そうですね。あの、須田さんは今日休み？　仕事は？」

「一応、仕事中ってことになってるよ。少しは融通がきくんだ。得意先まわりをしてると、息抜きしたくなるからさ」

裕理は愛想笑いで流し、間を保《も》たせるために紅茶を飲んだ。もっともらしいことを言っているが、ようするにサボっているのだろう。

「大叔父《おおおじ》さんには会ったんだろ？」

「え？　あ……うん」

「なんだって？」

「なにって……普通に挨拶《あいさつ》しただけ。あんまり長くは無理だっていうし」

「ふーん。そうなんだ」

笑いながらもどこか薄ら寒い目をする須田に、裕理は眉《まゆ》をひそめた。値踏みをされているような気がしてならなかった。あるいは探りを入れられているのだろうか。

いずれにしても、あまり気分はよくない。この家に来て、初めて親しげな笑顔を向けられたのに、それがどうにも受け入れがたくて溜め息が出る。おそらくそれはうわべだけ繕《つくろ》っているのが透けて見えるからだ。

これならばまだビジネスライクで、心のままの態度で接してくる加堂のほうがずっとマシだと思った。

「家族はいないの？」

「いないけど」

無意識に視線はライティングデスクに向かった。

そこには母親の位牌と写真が置いてある。どちらも小さなものだから、須田の視界には入っていなかったようだ。裕理の視線を追って初めて気付いたらしい。わざわざ立ち上がり、写真を覗き込んで戻ってきた。

「うん、完璧にお母さん似だな。英司さんの要素がほぼないね。どうやって確認するつもりなんだろうな」

「さぁ」

「加堂はなにも言ってなかった？」

「特には」

「へぇ……さすがの加堂も、二十年以上前のことだから手こずっているのかな。こんなことなら、英司さんが使ってたものをそっくり取っておけばよかったのにね。そしたら髪の毛の一本くらい出てきたかもしれないのに。っていうかさ、君のお母さんは英司さんに黙って君を産んだの？　認知してもらおうとは思わなかったんだ？　そういう話は、お母さんしてなかったの？」

「俺を面倒ごとに巻き込みたくなかったんだと思う。別れたあとで妊娠に気付いたって言ってたし……この家見たら納得したよ。母さんはわかってたんだと思う」

「なにを？」

「こういう家って結婚相手とかにうるさそうじゃん。母さんも俺と一緒で天涯孤独でさ、時期的に英司さんと付きあってたときはキャバクラでホステスやってた時期なんだよね。それだと結婚は無理だろ、この家じゃ」

「そうだろうなぁ……なるほどね」

だから裕理の母親は英司とすっぱり縁を切り、居場所も変えて一人で裕理を産んで育てたのだ。英司を嫌っていたわけでも警戒していたわけでもない。だがその親――家のことはかなり気にしていたようだ。結婚を反対されるだけでなく、堕《お》ろせと言われかねないと考えたのだ。無事に裕理が育ったあとは、取り上げられることを危惧したのだろう。自らの死を前にしても英司のことを言わなかったのは、彼がもう亡くなったことを知っていたからではないだろうか。裕理にとって血の繋がらない祖父がいるだけの橋本家とは縁はないものと考えていたに違いない。

「まぁ……でも、せっかくこうして知り合ったんだし、なにかあったら言って？ 力になれるようだったらなるから」

須田はカップを置いて、取り出した名刺の裏にさらさらとなにか書いて差し出した。裏にはプライベート用の電話番号が書いてあった。

「……どうも」

「じゃあ、今日はもう帰るよ。さすがに長くはいられないからね。週末にでもゆっくり話そうよ」

最後までにこにこと笑いながら須田は出ていった。

疲れる相手だ。できればあまり会いたくないタイプだったが、そういうわけにもいかないのだろう。

裕理は片付けを頼み、隆の部屋へと向かった。そろそろ約束の時間だ。須田が自発的に帰ってくれたのは幸いだった。

「こんにちは」

小さくノックして部屋に入ると、昨日と同じように隆はベッドで上体を起こしていたが、違うのは本ではなく書類に目を通していることだった。裕理の顔を見ると老眼鏡を外し、鷹揚に頷く。

ベッド脇には昨日と同じく椅子が置いてあり、裕理はそこに座った。

昨日はろくに話も出来なかったから、二度目とは言え初対面とそう変わりはない。用意してきた切り出しの言葉を言おうとしたら、先に隆が口を開いた。

「不自由はないか?」

「え……あ、う……うん。部屋、きれいだし涼しいし……ご飯美味《うま》いし……」

三食続けて食べたのなんて数年ぶりだし、足が伸ばせる風呂に入ったのもひどく久しぶりだった。部屋が広すぎて落ち着かないというのは慣れるしかないだろう。静かすぎるのも、そのうち当たり前になるのかもしれない。アパートでは常に雑然とした音が聞こえていたから、自分の息づかいさえ聞こえることに昨夜は少し驚いてしまった。

なんとなく視線をあわせづらくて俯《うつむ》いていたら、ぱさりと書類がベッド脇のワゴンに置かれる音がした。

「母親から、少し話を聞いていたそうだな」

「ほんの、ちょっと……加堂さんから?」

「そうだ。引き続き調査をさせているそうだ。当時の知りあいから、なにか有力な話を聞けるかもしれないと言ってな」

「………」

「おまえの母親は、なぜ英司のことをもっと詳しく話さなかったんだ……？」

ゆっくりとした口調はとても重いが、力はあまりなかった。病人だということを、あらためて意識させられる声だった。

「想像……なんだけどさ……」

裕理は問われるまま、母親の話をしていった。家庭環境や当時の状況は報告書に載っているだろうが、それも含めて語って聞かせる。

隆は黙って聞いていた。そうして家の格式が母親の仕事や境遇を許さなかっただろうと言うと、苦笑を浮かべられてしまった。だが否定の言葉はなかった。

「あの、祖父さ……会長はなんで英司さんの子供を探そうと思ったの？　いるかどうかもわかんなかったのに」

慌てて言い直すと、隆はわずかに目を瞠って裕理を凝視し、それからゆっくりと視線を外した。

「会長と呼ぶ必要はない」

「え、祖父さんって呼んでいいの？」

「好きに呼びなさい。英司の子を探そうと思ったのは……倒れて入院して、考える時間が多くありすぎたせいだな……どうせ加堂あたりは弱気になったとでも言っとるんだろう」

「違うの？」

「弱気になったつもりはない。だが仕事から離れて、なにかと昔のことをよく思い出すようになったのは確かだ。知人の息子に、隠し子騒動が起きたのもきっかけの一つだな」

タイミングというものだと隆は呟いた。英司亡き後、仕事仕事で生きてきて、ほかのことを考える余裕もなかったのだと。

裕理は黙って話を聞いていた。

隆とは赤の他人だ。けれども父親である英司が大事にしていた人なのだ。

こうして近くにいると、妙な親近感が湧いてくる。必要ないものと思い続けていたが、やはり父親や祖父母といったものに対する憧れはあったのだと実感させられた。

約束の五分なんてすぐだった。

ノックの音に我に返って時計を見たら、五分どころか十分以上たっていた。開いたドアからは吉野が顔を出した。

「あ、ヤバ……えっと、また来るね」

慌てて立ち上がりながら言うと、黙って頷かれた。引き留めてくれるかと期待したが、それはなかった。仕事もしていたようだしそこは仕方ないだろう。

時間をオーバーしたことに対して吉野はなにも言わなかった。責めるような様子もなかったが、それは客人に対する遠慮のせいかもしれない。

部屋に戻り、ふうと息をつく。

することがない。夕食の時間まで、まだ五時間はある。

「……断られちゃったしなぁ……」

午前中もひまだったので、家の手伝いでもしようかと申し出たら、ものすごい勢いで断られてしまったのだ。

「んー……本とか、あるかな……祖父さん読んでたし……あっ、そうだ」

持ってきたバッグをあさり、ずっと捨てきれずにいたものを取り出した。高校三年生のときに使っていた受験用のテキストだ。もう不用だと思いながらも、未練がましく取っておいたものだった。

手に取って、じっと見つめる。二年以上ものあいだ、開くことさえしなかった。

「……ひまだしな」

ノートはないが、ライティングデスクにボールペンと万年筆、そして便せんはある。ノート代わりにするのはもったいないが、とりあえず便せんを一枚使わせてもらおう。吉野に言えばすぐに調達してくれるだろうし、もしかしたら未使用のものがあるかもしれない。

小さく頷き、裕理は内線で大学ノートとシャープペンシルなどを頼んでから、懐かしいテキストを広げた。

自然と顔がほころぶ。もともと勉強は嫌いじゃなかったが、テキストを見るのがこんなに嬉しいと思ったことはさすがになかった。

「よし」

デスクに向かい、ボールペンを手に文字を追う。

窓の向こうで蟬《せみ》の声が小さく聞こえていたが、それもやがて耳に入らなくなった。


橋本家に来て、早くも一週間がたった。

相変わらずゲスト扱いではあるが、裕理自身はこの環境に慣れてきつつある。三食きっちりと食べていたら太るかと思ったのにそうでもなく、食事の時間と隆と話す以外は、だいたい部屋で勉強するか、テレビで教育講座を見ていたりする。

もちろん一人のときだけだ。

「ずっと家にいるんだって？　たまには遊びに出たら？」

須田はいつも唐突に現われる。休日はもちろん平日の昼間にも現れるので、ちゃんと仕事をしているのかと心配になってしまう。須田は橋本商事の子会社に身を置いているというが、グループのトップである会長の家に、こうもたびたび現れていたら、サボっているのも筒抜けなのではないだろうか。

「須田さんって、ひまなのか？」

「そんなことないよ。頑張って時間を作って来てるんだよ」

「祖父さんにバレてもいいんだ？」

「結果さえ出せばいいんだよ。これでも営業成績は悪くないんだ」

「ふーん」

そんなものかと思った。問題があるのならば隆が出入り禁止にしているはずだから、須田の言うとおりなのだろう。

ほぼ毎日会う須田とは逆に、加堂とはこの一週間、二度しか会っていない。それも本当に顔をあわせるといった程度だった。吉野が言うところによると、彼はとても忙しいようだ。療養中の隆に代わって動いているかららしい。

「ところでなにか進展はあった？」

「ないよ」

「そうか。まぁ、とにかく今度の休みにどこか連れて行ってあげるよ。どうせ加堂は君のことほったらかしなんだろ？」

「忙しいみたいだし、俺のことは加堂さんの役目じゃなくね？」

「ああ、そういうものなのか。じゃあ俺が君の後見をやってもかまわないってことかな」

「え？」

「考えておいて。俺は遠縁だけど、加堂は他人だろ？　大叔父さんにとってはさ。子供の頃から、ここにはよく出入りしてたんだ。祖母の里帰りにくっついてきてね。だから俺にとってここは第二の実家って感じなんだ」

「だからか……」

裕理は思わず小声で呟いていた。須田が我がもの顔で出入りしている理由がようやくわかった。

「ん？」

「いや、なんでも」

「ま、考えておいて」

気安く肩を叩いた後、須田は仕事だから……などといまさらなことを言って帰っていった。突然来て突然帰るのはいつものことだった。

須田がいなくなると、部屋にはまた静けさが戻ってきた。

吉野の先触れでしまったテキストを取り出して広げ、テレビをつける。ちょうど英語の講座だったので、そのまま見ることにした。

以前だったら時間に関係なく眠気が襲ってきたものだったが、ここに来てからそういうこともなくなった。三食食べさせてもらい、睡眠もきっちり取っているので、かなり健康状態がよくなったということなのだろう。

まるで以前の自分が戻ってきたような気がした。まだ高校生で、母親も元気で、希望に満ちていた頃に。

テレビを見ながら新しいノートに書き込みをし、ときおり英文を口ずさむ。

ノートは頼んだ日の夕方には部屋に届いていた。シャープペンシルと芯《しん》と消しゴムも同様だ。真新しいそれを手にしたときはテンションが上がったものだった。

そのままテレビ画面を見続けていたら、ノックの音が聞こえてきた。

「どーぞー」

ここへ来る人間はだいたい三人――吉野と、ハウスキーピングや給仕を担当している例の女性と、須田くらいだ。その須田は先ほど帰ったばかりだし、部屋の掃除は午前中に終わっている。だったら吉野だろうとドアを見やった。

しかし予想に反し、姿を見せたのは加堂だった。

「え……」

思わず時計を見て、五時にもなっていないことを確認する。こんな時間に加堂が家にいることなど、この一週間一度もなかったはずだ。離れと母屋という違いはあるものの、同じ家で暮らしている彼より須田のほうが多く会っているという妙な状態だったのだ。

相変わらず涼しげな顔をした男だ。この暑いのにスーツを着て汗もかいていない。

「早いじゃん。どうしたの」

「仕事が一段落ついただけだ。それより、話がある」

「なに？」

裕理はテレビを消し、身体ごと加堂に向き直った。

やけに機嫌が悪そうだ。笑った顔など見たことはないし、裕理に対しては最初から当たりがきつかったが、ここまであからさまな不機嫌は初めてだった。

加堂は座ろうとせず、ドア近くの壁にもたれて腕を組んだ。

「須田と毎日会っているそうだな」

「会ってるっていうか、勝手に入ってきて、適当に話をすると気がすんで帰っていく、って感じ？」

とにかく一方的なのだ。裕理の都合や気分は考慮せず、自分の言いたいことを言い、聞きたいことを聞いていくのみだった。

だがそう訴えても加堂の態度は軟化しない。不信感たっぷりの目で見られ、裕理はやれやれと溜め息をついた。

「俺が須田さんに取り入ってるとでも思ってんの？」

「あれでも会長の身内だからな。遠縁だが」

「だから？　俺が保険かけてるとでも言いたいわけ？　偽者ってわかって追い出されるときに、身内を取り込んでればどうにかなる……とか？」

嘲笑が浮かぶのは止められなかったが、かまわないと思った。どうせ加堂には好かれていないのだから、いまさらどう思われようと知ったことではない。

ちくりとどこかが痛むのは気付かないふりでやり過ごした。

加堂は否定も肯定もせず、まっすぐに裕理を見つめていたが、やがてデスクを見て怪訝《けげん》そうな顔をした。

「なにをしていたんだ……？」

「ひま潰し。やることねーんだもん。部屋とか庭とか掃除させてって言ったのに、だめだって言うし」

「そうらしいな」

どうやら報告は加堂にも上がっているらしい。監視されているみたいで気分はよくなかったが、家のなかのことを主に伝えるのは当然とも言えるし、隆の代わりを務めている加堂が知っているのもまた当然なのだろう。

加堂は近付いてきて、デスクの上を覗き込んだ。

「……なるほど、ノートと筆記用具の使い道はこれか。テキストはどうした？」

「昔、使ってたやつ」

「結構ボロボロだな。受験したいのか？」

「そういうわけじゃないけど……さっきも言ったじゃん。ひまつぶしだよ。わりと勉強は好きだったほうだしさ。これでも成績はよかったんだぞ」

「らしいな。報告書に上がっていた」

どうやって成績まで調べたのか不思議で仕方なかったが、突っ込んで聞く気にもならなかった。なにをどこまで知られているのかは気になるが、同時にあまり知りたくないとも思うからだ。

「受験したいなら、すればいい」

「無理だってば。明日どうなってるか、わかんねー身だよ？」

吐き捨てるように言いながら、加堂の言葉に戸惑った。さっきまでの態度はなんだったのだろうか。

「大学くらい行かせてやる」

「はぁ……？」

言葉の裏を探るように加堂を見つめると、眉をひそめられた。

「なんだ？」

「あんた、言ってること矛盾《むじゅん》してない？」

「どこがだ」

「だってさっきは俺のこと偽者前提で話してたじゃん。なのに大学行けって……どういうこと？　俺が何者でも学費は出してくれるって意味？」

疑問をそのままぶつけてみると、加堂はそこで初めて一貫性に欠ける発言と態度に気付いたようだった。そうしてバツが悪そうに嘆息した。

普段は無表情だが、彼は意外とわかりやすい人間だった。

「須田は勝手に来るだけなんだな？」

「またその話？　さっき言った通りだよ。ぶっちゃけ、あんまり来てほしくない」

「なぜ？」

「なんか疲れるんだよ、あの人。張り付いたみたいな笑顔もやだし、馴れ馴れしいのもちょっとなーって思うし」

人との距離の取り方が、どうやら裕理とは違うらしいのも苦手に思う理由の一つだ。いきなり距離を詰められると逃げたくなってしまうタイプなのだ。最初は一定の距離を置いておき、慣れるに従って互いに近付いていくのが理想だ。

やれやれと溜め息をついて加堂を見上げると、彼はなにやら思案顔だった。

「……悪かった。わたしの誤解だった」

「へ？」

「さっきの言動については謝ろう。すまなかった」

「あ……う、うん……なに、急にどうしたの？　っていうか、なんでさっきはあんなに怒ってたわけ？」

「怒っていたわけじゃない」

「えー、絶対怒ってたよ。あ、もしかしてあいつのこと嫌いとか？」

加堂が須田に対して好意的でないことは間違いないだろう。そうでなければ「あれでも」などと言いはしないはずだ。

「嫌いではないが、目障りではあるな」

「うわ……言うなぁ」

「会長への敬意も親愛もないくせに、甘い汁だけは吸おうとしているところが気に入らん。須田家の連中は揃いも揃ってそうだが、特にあれはひどい」

予想以上の辛辣《しんらつ》さと本気の様子に、裕理は笑顔を引きつらせた。ようするにそんな須田と、後見のような立場で面倒を見ている相手が親しくするのは、加堂にとって非常に不愉快ということらしい。わからないでもなかった。

「なるほど。だから俺が須田さんと仲よかったら、俺まで敵認定しようとしてたのか」

「それは違うが……」

「そうなの？　じゃ、なに？」

じっと見つめて追及すると、気まずそうな顔をした加堂が深い溜め息をついた。どこか困惑しているようにも見えた。

「あれは忘れてくれていい」

「えー……うーん、まぁいいけどさ……なんか、加堂さんってクールそうに見えて結構感情剥《む》き出しだよね」

「感情を抑えるのは仕事だけで十分だからな」

あっさり認めたのが意外で、裕理はまじまじと加堂を見つめた。プライドの高そうな彼のことだから、てっきり不機嫌になったり否定したりすると思っていたのに、さも当然のように認めてしまった。

これならもう少し突っ込んでも怒られないだろうと、裕理はさらに言った。

「俺に会いに来たときは？　あれって仕事じゃねーの？」

「一応そのつもりでいたが……会長の個人的な頼みごとだったからな」

「だからか。ふーん……あ、それでさ、話は戻るけど、祖父さんって、須田って人のこと、どう思ってんの？」

「遠縁の者、だろうな」

「孫みたいとか、甥《おい》っ子みたい……とかじゃなく？」

「そこまで近くはないな。ただし、会長の姉に対しては、あまり強く出られなかったようだ。須田の態度も、そのあたりの裏付けがあってのことだ」

姉弟の事情については加堂は語ってくれなかったし、裕理も尋ねる気はなかった。理由はどうあれ、須田がこの家である程度自由がきくのは確かなのだ。

「加堂さんにとっては？　立場とか、そっちの意味で」

「いろいろと厄介《やっかい》、としか言いようがない。面倒と言い換えてもいい」

「んー、こっちから強くは出られないお客さんだけど、身内としてフリーでもある……って感じでＯＫ？」

「概ね正しい」

感心した様子なのは本心だろう。裕理が自ら正解を導き出したことが予想外だったようだ。とにもかくにも、裕理はすっきりした気分でデスク向き直る。加堂の機嫌が悪かったのは須田絡みで、誤解から裕理にきつく当たったわけだ。

「うん、納得した」

「それで結局大学はどうする気だ」

「ああ……忘れてた。んーとね、俺としてはいまさら大学行くよりは、なにか資格取りたいかな。就職に有利そうなやつ」

「真面目に働く気になったのか」

「最初っからその気だっつーの」

くるくるとペンをまわしながら不機嫌に言い放ち、加堂を睨み付ける。だが加堂の視線はデスクの上に向けられていて、視線が交わることはなかった。

「きれいな字を書くんだな。ノートの使い方も上手《うま》い」

「あ……ありがと……」

褒められるのなんて久しぶりで目が泳いでしまう。顔も赤くなったのを自覚して、とっさに下を向いた。

「……具体的に、なんの勉強をしたいんだ？」

「それは、よくわかんない。逆にどういうの持ってたら有利？」

「そこからか……わかった。適当にいくつかテキストを用意しよう。目指したい業界や仕事はないのか？」

「えーと、ガテン系は無理」

「見ればわかる」

即答されてムッとしてしまった。顔に出たのか、それを見て加堂がくすりと笑った。

「ここで体力付けるし」

「家に閉じこもってばかりで？」

「それは仕方ないじゃん。外行く用事もないし……」

裕理が知っているのは先日までいたアパートと、毎日のように通っていた夜の街しかない。

生まれ育った町以外では、そこだけが慣れた場所なのだ。橋本家の周囲を散策することも考

えたが、微妙な立場だから躊躇《ちゅうちょ》してしまうし、縁もゆかりもない場所に行くのは気が乗らない。だからずっと家にいたのだ。

「用事か……だったら、作ればいい」

「は？　作るって、なに。どういうこと？」

「どうやら思っていたより向学心がありそうだからな。橋本家の人間として恥ずかしくない振る舞いや教養を身に着けてもらおうか」

「え……いや、でも……」

裕理は目を白黒させた。まだ英司の息子として認められてはいないはずなのに、加堂はなぜそんなことを言うのだろうか。連れてきたきり、一週間も放置していたくせに。

戸惑う裕理をよそに、加堂は指先でコツコツとデスクを叩いた。どうやら考えごとをしているときの癖のようだった。

「そうだな……とりあえず、吉野に基本的なことを教えてもらえ。その後は実践だな」

「はい？」

「ゲストとして招かれることもあるだろうし、逆もある。テーブルマナーは必須だぞ。明日から新聞を数紙届けさせる。すべて目を通せ」

「え、ええっ……？」

「それから言葉遣い。わたしに敬語を使えとは言わないが、人目があるところではもう少し丁寧な言葉遣いを心がけろ」

「な、なに……いきなり……」

まるでスイッチが入ったみたいだった。この一週間はなんだったんだと言いたくなるくらいに加堂は矢継ぎ早に指示を出してくる。課題は山積みだ。ひまつぶしなんて言っているひまはなさそうな気がした。

「橋本隆の孫として、人前に出る可能性はゼロじゃない。一夜漬けではボロが出そうだからな。いまから仕込んでおいて損はない」

「で、でも無駄になるかもしれねーじゃん！」

「君が英司さんの息子でなかったとしても、わたしが後ろ盾になる約束は有効だろう。そのときに敬語も使えないような者を送り出すわけにはいかないからな」

「責任ってやつ？」

「そうだ」

ふーんと鼻を鳴らし、裕理はまたくるくるとペンをまわす。小学生のときからの癖は、ろくにペンを握らなかったあいだにもなくなることはなかったようだ。

「なんか……一気に忙しくなりそう」

「しっかり学べ。サボってた分もな」

小突くようにされて頭が揺らされ、思わずムッと口を尖《とが》らせたが、その手を振り払おうとは思わなかった。

照れくさいような嬉しいような、妙な胸のざわつきに、ぷいと顔を横に向けるのが精一杯だった。


加堂の指示は迅速だった。

あの日の夕食前には部屋に新聞が三紙届けられ、夕食時には料理と一緒にマナーの本が添えられていた。そして翌日には五種類の資格取得のためのテキストと、さまざまな業種について書かれている本が裕理の手元にあった。

そして今日、予告付で加堂が夕方部屋を訪れた。予定を空けておけと言われたのだが、そもそも予定などないので問題はない。

「目を通したか？」

「うん」

「ひとまず求人が多いと言われている資格を揃えてみたが、そっちの本を見て興味があるものがあったのなら遠慮なく言え。すぐに揃えさせる」

「う……うん」

雑誌のような本のようなものには、写真付で職業の紹介がしてあった。結構な厚みがあり、これに目を通すだけでもかなり時間がかかったものだった。

裕理はテキストをちらりと見てから加堂を見上げた。

「これ以外だと、秘書検定かなぁ。純粋に知識の幅とか広がりそう」

「確かに君には手っ取り早く必要かもしれないな。マナーも常識も身に着く」

「自覚してるっつーの」

敬語を使う機会なんてほとんどなかったのだ。学校で教師に敬語を使わない生徒など山ほどいたから、裕理がその一人であっても特に咎《とが》められることもなかった。アルバイト経験はなかったし、童顔の裕理はにこにこ笑っていれば、多少口のきき方がまずくても許してもらえた。

「用意しておこう。新聞は読んでいるのか?」

「まぁ、一応……あ、コラムみたいなの、結構おもしろかった。わりと冷静なとことイケイケなとこがあるんだな」

「傾向はあるな。そういえば、パソコンを欲しがらないが、いらないのか?」

「使えないとヤバい? 一応、高校んときにちょっと授業でやったんだけど、二年以上アナログな生活送ってたからなぁ……」

ニュースは大きいものなら自然と耳に入ってきたが、そうでないものに関してはほとんど知らなかった。それでも不都合はなかったのだ。政治がどう動こうと、見知らぬ土地で事件が起きようと世界のどこかで災害が起きようと、裕理の生活にはまったく関係がなかったからだ。

だがいままでと同じではだめなこともわかっている。新聞を隅々まで読んでみて、知らないことばかりで軽くショックを受けたばかりなのだ。

「会社に入れば、いやでも使うことになるだろうが……とりあえず、使っていないのを持って来るから好きに使え」

「いいの？」

「……アクセス制限でもかけておくか」

「変なサイトになんか行かねーよ」

「そうなのか？」

意外そうな声にムッとする。

「あんまり興味ねーもん。え……AVとかも、あんまり見たことねーし」

「見たことはあるんだな」

声に笑みが含まれているように聞こえて仕方ないが、顔を背《そむ》けたままだからはっきりしたことはわからなかった。とりあえず引いているわけではなさそうなので、そのまま話を続けることにした。

「こ……高校んときにさ、ダチの家で。けど、なんか……女の裸とかセックスとか以前に、シチュエーションで引いちゃって……女の人がかわいそうなやつだったから」

素直にそれを友達に言ったら、紳士だのフェミニストだの、果ては女目線だのとからかわれた。結局は「マザコンだからか」なんて納得されてしまったけれども。

裕理だって、可愛い女の子を見れば気になるし、きれいな女性を見ればときめいたりする。だが、性的な欲求というものがどうしてか湧かないのだ。だからといって男に興味があるというのでもなかった。何度も誘われて触られたり、ときには襲われかけたりしたものの、いつだって嫌悪感しかなかった。客引きのとき男に甘えた態度を取ってはいたのは、あくまで相手をその気にさせるためであり、本当はいつもいつも、鳥肌が立ちそうになるのを我慢していたのだ。

「……もしかして、未経験か？」

「悪いかよ」

「男も？」

「当たり前じゃん！　俺、ホモじゃねーしっ」

「よくそれで、あんな仕事をしていたな。いや、仕事とは言えないか」

反論の余地はなかった。確かにあれは仕事とは言えない。ただの小遣い稼ぎがいいところだろう。

「俺に引っかかるような女の子は金持ってないんだよ。年上のお姉さんとかも、たまにあったけどさ」

「なるほど」

裕理に引っかかった相手のなかには、飲みに行った後を期待する者もいたようだが、そのあたりはママがうまくやってくれていた。大量に飲ませて前後不覚にしたり、興味をほかへ移させるといった具合に。

そういえばママになにも言っていない。もともと連絡を入れるような関係ではなかったから、店の電話番号もプライベートのそれも知らないのだ。

「……俺が世話になってたママの店って、調べたんだよな？」

「報告書に載っているな」

「電話番号知りたい。なんにも言わないで行かなくなっちゃったからさ……別に心配してるとかはないと思うけど、一応もうやらないって言っておきたい。あと、礼も言わなきゃ。ママには危ないとこを助けてもらったりしたから」

「危ないことがあったのか」

加堂の低い声に、さすがにそこまでは把握していないのかと裕理は小さく頷いた。

「ちょっと……襲われそうになったことがあって」

「襲われたっ……？」

「あ、うんでも未遂。男同士でもそういうことあるって知らなかったから、びっくりした。それで、いろいろと心得……？　みたいなこととか、こういうのに注意しろとか、教えてもらった」

最初に襲われて以降、裕理がトラブルに巻き込まれずに二年間過ごせたのはそのおかげだったのだ。

「だから、電話番号知りたい」

「後で渡そう。報告書に記載はあったが、さすがに覚えてはいないからな」

「ありがと」

ほっとして思わず笑顔になる。それを見つめていた加堂は、少し目を細めてから視線を外し、腕時計で時間を確かめた。

「そろそろか。支度ができたら出かけるぞ」

「え？」

「夕方から空けておけと言ったはずだ」

加堂はクローゼットを開けて服を選び出し、裕理に押しつけた。ここにある服は用意してもらったものばかりで、まだ袖《そで》を通していない服のほうが多い。いずれも値が張るだろうものので、これまで裕理が着てきた服とはまったく違うものだった。触っただけでいい生地だとわかるし、仕立てもいい。そしてシンプルなのにラインがきれいで、なんの気なしに身に着けてもきれいに決まる。センスに自信がない裕理がなにをどう組み合わせて着てもおかしくならないのはすごいことだと思った。

そしていま渡されたのは、そのなかでもまだ一度も着たことがないものだった。麻混のシャツに飾りボタンが付いたジレ、童顔でも浮かないがいくぶん大人びた格好だ。

「ど……どっか行くの？」

「食事をしにいく。テーブルマナーの実践をする、と言っておいたはずだ」

「え、それマジだったの？」

「着替えたら玄関に来い」

言うだけ言って出ていった加堂を茫然《ぼうぜん》と見送った後、裕理は呆れて溜め息をついた。

なんて強引な男なんだろうか。すべて決定事項で、裕理の意思は関係ないらしい。初対面のときの慇懃《いんぎん》無礼《ぶれい》な彼よりはずっといいけれども。

もそもそと着替えをすませ、鏡で横も後ろもチェックして、手ぐしで髪を整えた。そろそろ切らないといけない。最後にヘアカットをしてからもう一ヵ月近くたっている。キャッチという仕事をしていたので、ある程度見た目にはこだわる必要があり、裕理は月に一度は髪を切っていたのだ。これは恩人でもある「ママ」の指導だった。

おかげで少しばかり伸びていても、選んでもらった服が浮くと言うこともなかった。

あまり待たせると文句を言われそうだったので、裕理はそそくさと玄関へ向かう。完全に手ぶらだ。さすがにこの服に似合うバッグはなかったからだ。

玄関で待っていた加堂は裕理の全身を見て鷹揚に頷いた。なにも言葉はないが問題はなかったようだ。

車寄せには見るからに高級そうな車が停まっており、見たことのない男がハンドルを握っていた。聞けば橋本家の運転手だという。裕理は知らなかったが、本来は隆の外出時に車を出すのを仕事としている人物で、住み込みではなく、いまはほとんどその機会がないので加堂の出勤時などに車を出しているという。

「だからこのあいだと車違うんだ」

いわゆるリムジンに乗り込んで、裕理は感嘆の息を漏らした。車のサイズ自体は普通のセダンより多少大きめといったところだが、後部座席は十分に広く、シートの座り心地は抜群だ。これなら何時間だって座っていられそうだった。

「バスみたいな長さのやつじゃないんだな」

「あれは実用性に欠けるだろう」

「そっか」

少なくとも通勤には向かないな、と裕理は納得する。停めておく場所にも苦労しそうだ。

そんなどうでもいいことを考えているうちに車は橋本家の敷地を出て都心へ向かった。

目的地へ着く頃にはすっかり暗くなっていて、街並みもずいぶんと変わっていた。

明るい街ではあるが、裕理が以前夜ごとに通っていた界隈とはずいぶんと雰囲気が違う。一言で言うならば品がいい。街角に客引きのたぐいは立っていないし、ネオンも控えめだ。歩いている人の年齢層が高そうなのも落ち着いていると思わせる要因だろう。

「ああ、ここでいい。後は歩いていく」

「はい」

車が路肩にすっと停まると、加堂が先に降りて裕理を待った。隆の場合は運転手がドアを開けるようだが、加堂はそれをさせないタイプらしい。

大型ではないにしてもリムジンはそれなりに目立つようで、そこから降りた加堂に注目する通行人が何人かいた。そんななか、降りていくのは結構勇気がいった。まして裕理はこの街では浮くタイプなのだ。

自然と俯く形になってしまった。

「どうした?」

「いや、なんか……場違い……」

「そうでもない。なかなか様になってるぞ」

促され、脇道に少し入ったビルのなかを進んでいく。周辺のビルがことごとくきれいだ。あの街は「雑居ビル」という呼び方が相応しいものが多かったが、ここらは「テナントビル」と呼ぶしかないような気がする。

そんなビルの上層階にあるレストランで、なかは思っていたよりも明るかった。バーではないのだから当然なのだが、この手のレストランに初めて足を踏み入れた裕理には、それさえ感心することだった。

壁は白く、窓も大きく取られている。残念ながら見える景色は近隣のビルばかりだが、場所柄それは仕方ないだろう。店内は半分くらいしか埋まっていない。女性同士だったりカップルだったりで、男同士というのはほかにいなかった。まして童顔で未成年にしか見えない裕理のような客はいない。

幸いなことに案内されたのは、半透明の扉を閉めると個室になる席だったから、すぐに人目から逃れることができた。テーブルにはナイフとフォークが何本も並べられており、皿の上に立体的に折られたナプキンが置いてある。グラスも花も、いっそ芸術的なほどきれいにセッティングされていた。

店のスタッフに椅子を引かれ、一瞬動きが止まってしまった。食事のマナーは教わったが、着席に関しては教えられていない。いつもテーブルに着いた状態で始まっていたからだ。

とりあえず椅子に近いのは加堂ではなく自分だと思い、腰《こし》かける。その際も、どすんと座らないように気をつけた。

ちらりと加堂の顔を見て、どうやら失敗ではないらしいと胸を撫《な》で下ろす。

スタッフが一礼して扉を閉めると、ほっと安堵《あんど》の息が漏れた。

「ヤバい、緊張する」

「少し固かったが、違和感はなかったぞ」

「なんか頭真っ白……こんな高級なとこ来たことねーもん……」

「高級店というほどでもないな」

「え？」

「今回は練習の意味でフルコースにしたが、もっとカジュアルなコースもある。客の服装もラフだっただろう？」

言われて思い出してみると、客のなかにはジーンズを穿《は》いていた者もいた気がして、曖昧に返事をした。それでも裕理にしてみればスタッフが椅子を引いてくれる時点で十分高級だが、加堂とは基準が違うのだと思うことにした。

「なんかさ……絶対美味いんだろうけど、味わう余裕なさそう……」

「さんざん練習したんじゃなかったのか」

「けど、ここ店だし」

「なんのための個室だと思ってるんだ。基本的には料理を運んできたときと皿を下げるときだけ、入ってもらうようにしてある。自信がなければ、スタッフが出ていってから動けばいい。あとはワインくらいか」

「え、飲むの？」

「問題あるか？　そんな顔でも二十歳だろう」

「俺の顔だと証明書とか必要じゃね？」

思わず尋ねると、深い溜め息をつかれてしまった。

「そんな無粋《ぶすい》な真似をするか。仕事で何回も使っている店だぞ」

ようするに加堂の信用でそのあたりはの問題はクリア……というよりもスルーされるということらしい。

「あんまり強くないよ？」

「夜な夜なバーに行っていたんじゃなかったのか？」

「行ってたけど、俺はあんまり飲まなかったもん。客を連れていけば、それでＯＫだったしさ。本当は俺の分を奢らせるから、飲んだほうがよかったんだろうけど……もともと体質にあわねーみたいだから」

せいぜい最初の一杯を奢ってもらう程度だった。リクエストを聞いてもらえるならばロンググラスのカクテルを頼んだし、相手が勝手に決めたがるタイプのときは任せたが、いずれの場合もママがアルコール分を抑えて作ってくれた。それで正規料金を請求していたのだから、ある意味ぼったくりと言えるのかもしれない。

「カクテル一杯くらい……かな？」

「そういうところは英司さんと同じだな」

「え？」

「あまり強くない人だった。たぶん……それで何回か失敗しているはずだ。あの人の女性関係が派手だったのは、そのせいもあるらしい」

「ああ……」

母親は英司との出会いについてとうとう語ってはくれなかったが、もしかすると酒が絡んでいたのかもしれないな、とふと思った。一度だけ聞いたとき、苦笑まじりに「内緒」だと言われた記憶が蘇《よみがえ》った。確か報告書にもそのあたりは載っていなかったはずだ。

話しているうちに食前酒が用意され、次いで料理が運ばれてきた。とにかく軽く笑っていればいいと言われ、料理の説明をされるときも笑顔を浮かべて小さく頷いていたら、あっさり加堂から合格と言われた。曰《いわ》く、口を開かなければ、それなりにお坊ちゃんっぽく見えるらしい。

「姿勢は重要だな。君は最初からそこは問題なかったか」

「母さんにいつも注意されてたから。あと……姿勢悪いと余計小さく見えるじゃん」

「確かに」

ふっと笑う加堂に見て、思わず視線を逸らしてしまった。なんだか気恥ずかしいような、照れるような感覚だった。

「あー、あのさ……今日は俺が主賓《しゅひん》扱いだから、先に食べ始めたりするのは正解だよな？」

「そうだ」

「よし、大丈夫。ちゃんと覚えてる」

ナイフとフォークは外側から、と呟きつつそれらを手に取る。たった一週間とはいえ、毎日特訓したのだ。最初はおぼつかなかった手つきも、なんとか様になってきている、と自負している。吉野が無言で頷いていた、というのが根拠なのだが。

「あとは相手と食べる速度をあわせる……と」

「今度は和食だな」

「もしかして、それも個室とか考えてる?」

「他人の視線が欲しいなら、考慮するが」

「しなくていい」

慌てて首を横に振った。個室でないのならば、店のスタッフだけでなく店内にいる客からも見られるということだ。なにしろ加堂は目立つ。一緒にいる裕理も見られてしまうことは必至だった。

最後の一口を食べ終えて、ナイフとフォークを揃えて置く。

(ナイフの刃は内側……と)

これでいいはず、と加堂を見上げ、ほっと息をついた。間違えれば容赦なく叱責に近い指摘が飛んでくるのだから、なにも言われないのは正解ということだ。

これからの予定や勉強のことを話しながら、ワインを飲んで、料理を食べた。ワインはあまりに口当たりがよかったから、調子にのって二杯目をもらった。

それがまずかったらしいと気がついたのは、食事を終えて椅子から立ち上がったその瞬間だった。

「え……」

くらりとしたテーブルに手をついて、おかしいなと首を傾げる。

めまいとも違うし、どこか気持ちが悪いというわけでもない。むしろ気分がいいのに、ふわふわと足もとがおぼつかない。

「大丈夫か？」

「あー……うん、ちょっと酔ったのかなぁ……」

「……本当に弱いんだな」

加堂の声に後悔が滲み出ている。裕理は二十歳を過ぎているのでその点では問題ないが、飲酒量の限界を見極められなかったことを悔いているのだ。

店を出てタクシーを拾うまではなんとか自分の足で歩いたが、シートに身体を預けた途端、ぐんにゃりと全身から力が抜けてしまった。

まぶたが重くなって、音がだんだんと遠くなっていく。加堂がなにか言ったのがわかったが、言葉の意味までは理解できなかった。

すうっと意識が落ちていき、気がついたときには加堂の膝《ひざ》の上だった。

着いたぞ、という声と一緒に少しひやりとした手の感触を覚え、ぼんやりと目を開けた。そこで初めて裕理は自分が眠っていたことに気がついたのだ。

はっと息を飲んで起き上がり、バクバクうるさい心臓を無意識に押さえて茫然とする。手を引かれて車から降りると、初日に見た大きな門が目の前だった。

そのまま家へと戻るあいだも、自分が加堂の膝枕で寝ていた事実に動揺し、一言も口をきけなかった。

恭しく迎えた吉野が裕理の様子に気付いたが、心得たものですぐそれを笑顔の奥に押し込めた。隣に加堂がいることも理由だろう。

歩きながら、ちらちらと隣に目をやって加堂の腿《もも》のあたりをチェックする。涎《よだれ》を垂らしたりしていないだろうかと、つい気になってしまったのだが、それらしい染みはできていなかった、思わず安堵の息が漏れた。

加堂の部屋は母屋の端、離れに近いところにあるので、歩いていく方向も一緒だ。加堂の寝室の前――渡り廊下の手前で裕理は意を決した。

「あのっ」

「どうした？」

「お……俺、なんであんなことにっ……？」

「眠った君がわたしの肩にもたれた後、ずり落ちてああなったんだが」

「そ……そっか……俺、変なこと言ってなかった？」

「言っていたが言葉にはなっていなかった。子供みたいだったな」

くすりと笑われ、顔にぶわりと血が上ったのがわかる。きっと耳まで真っ赤だろう。アルコールが抜けたせいで、さっきまで少し肌寒いくらいに思っていたのに、いまではまた暑くなっている。

「えっと、その……ごめん」

「酔いは醒《さ》めたか？」

「一応……」

「シャワーを浴びて早く寝てしまえ」

「……はい」

「おやすみ」

寝るには早い時間だが、すんなり頷く。醜態というほどではないが、裕理にとっては恥ずかしい真似をしてしまったので、逆らう気力もなかった。

「加堂《かどう》と食事に行ったんだって？」

土曜日の昼前、いつものようにやってきた須田《すだ》は、当然のように裕理《ゆうり》の部屋に来ると開口一番にそう言った。

「え、なんで知ってんの」

わざわざ加堂が言うとは思えないし、吉野《よしの》たちが余計なことを口走るとも思えない。須田はこの家に自由に出入りできるが、あくまでゲストとして認識されている。加堂のように家人ではないのだ。

「あいつは目立つし、注目されてるからね。社内の女子社員のあいだで噂《うわさ》になってるらしいよ。加堂相談役が美少年連れてたって。近くに支社があるし、誰か目撃したんだろうね」

「美少年って……」

なんだそれ、と口のなかで呟《つぶや》いて、裕理は引きつった笑いを漏《も》らす。可愛《かわい》いと言われることはよくあるが、さすがにその単語を使われたことはなかった。実際に言われるとかなりの衝撃だということを知った。

絶句している裕理にかまわず須田は続ける。

「いつの間にそんなに仲よくなったの？」

「いや……そういうわけじゃ……」

「あの加堂が仕事以外で誰かと食事って、まずないんだよ」

「たぶん加堂さんにとっては仕事の一環みたいなものだと思う。俺に食事のマナーとか教えるために行ったんだし」

あれから宣言通り懐石の店へも、橋本《はしもと》グループ主催のクラシックコンサートにも連れていかれた。コンサートでは途中、意識が飛びそうになったが、何度か突《つつ》かれてどうにか最後まで起きていられた。

馴染《なじ》みのないクラシックだったが、なにも退屈だったから眠くなったわけではない。聞いているうちに気持ちよくなって眠気に襲われたのだ。そう言ったら、加堂はあまり文句を言わなかった。最初は呆《あき》れていたが、最終的には仕方ないという雰囲気になった。

「マナーねぇ」

「実践だって言って」

「ふーん。じゃあ今度は俺と行かないか？」

ライティングテスクに手を突く須田を見ることなく、裕理はかぶりを振った。

「間に合ってるし」

「また加堂と行く予定あるのか」

「まぁ……勉強することいろいろあるからさ」

今日は午後から博物館へ行くことになっているのだ。先日、加堂が美術館に連れていってくれたとき、あまりにも絵画に興味を示さなかったせいか、なにが好きなのかと問われ、化石や恐竜だと言ったからだった。そして博物館の前にランチを、ということになっていた。今日は寿司だと予告されているので、昨日から楽しみで仕方なかったのだ。

そろそろ出かけねばならないのに、須田をどうしたらいいものか。今日の予定を言えばいいだけなのだが、言ったら言ったで面倒くさそうだ。

ペンをくるくるとまわしていたら、ノックの音が聞こえてきた。

「どうぞー」

訪れたのは吉野で、彼は須田を見て穏やかに微笑《ほほえ》んだ。

「失礼いたします。ああ、やはりこちらでしたか。康介《こうすけ》さん、旦那さまがお呼びですよ」

「すぐに行く」

反応は早かった。ひまさえあれば裕理のところへ来る彼でも、隆《たかし》のほうが優先順位としては高いのだ。おそらく好意や親愛の情といったものとは別の理由で。

慌ただしく出て行く須田を、吉野はドアのところから見送っていた。

いつもならば一礼して立ち去るところだが、なぜか今日はそのままもの言いたげに裕理を見つめている。

「……なに?」

「いえ、もうすぐ彰彦《あきひこ》さんがいらっしゃいますので」

「あ……はい」

確かにそろそろ出かける予定の時間だが、それよりも吉野の「彰彦さん」に驚いてしまった。そこには親愛の情が含まれていて、吉野にとっての加堂が橋本家の家人であることを物語っていた。

「これはわたしの独り言と思っていていただきたいんですが……」

「え？」

唐突な言葉に、裕理は戸惑う。吉野とはマナー講座の際によく話すし、間を保《も》たせるためにか雑談もするのだが、いまのようなトーンで切り出されたことはなかったからだ。どこか嬉しそうにも聞こえた。

「彰彦さんは、最近とても楽しそうです。ずっとご自分のことは後まわしで、旦那さまと会社に尽くされていて……いつか潰《つぶ》れてしまうのではないかと心配していたんです。ああ、いらっしゃったようです。どうぞ楽しんできてください」

きれいに一礼し、吉野はドアを開けたまま廊下に下がる。すぐに加堂が現れ、吉野に声をかけてから部屋に入ってきた。

「少し早いが行くぞ」

「あ、うん」

吉野はもう立ち去っていた。彼の言葉を反芻《はんすう》しながら加堂を見つめ、少しだけ納得した。楽しそうと言われてみればそうかもしれないと思う。

「どうした?」

「あ……いや、すげーいいタイミングだなって。さっきまで須田さんがいてさ」

「知っている」

加堂はすでに踵《きびす》を返していた。

すでに着替えはすませていたので、バッグだけ持って加堂のあとを追う。今日は昼の外出だからか、初めて会った日と同じく加堂の車だった。

今日の場合は助手席かなと思ってドアに手をかけようとしたら、それより早く後ろのドアを開けられてしまった。

それがなんだか少し不満だったが、そんな裕理に気付いているのかいないのか、加堂はすぐに運転席にまわりこんでしまう。

そうして門を出てから、加堂はふっと笑った。

「会長に協力してもらった甲斐があったな」

「え? あれ……それじゃ吉野さんが呼びに来たのって……」

「どうせなら気分よく出かけたいだろう?」

「なるほど」

確かに出がけにイヤミやら皮肉やらを言われたら、水を差されたような気持ちになったかもしれない。たとえそれが加堂に向けられるものであっても。

「違う……」

加堂に向けられるからこそ不愉快になるのだろう。母親のことを言われるのと同じくらい、嫌な気持ちに。

「なにか言ったか？」

「あー、ちょっと独り言」

顔が見えなくてよかったと思う。運転中の加堂は振り返ることができないし、位置的にルームミラーにも映り込まないからだ。

加堂とこうして出かけることは楽しかった。彼は厳しいが、それは裕理を嫌ってのことではないとわかるから、むしろ嬉しい。父親を知らないから、彼にその役割を求めてしまっているのだろうかと思ったが、それは違うような気もする。

いずれにしても、加堂に気持ちを寄せていく自分を止めることはできなかった。彼もまた楽しんでくれているのかと思うと、さらに心は浮き立った。

車で数十分走って連れていかれたのは、ビルの一角に入っている高級そうな寿司店だった。ここでもやはり個室で、加堂が徹底的に人目がないことを考慮してくれているのがわかる。もともと接待に使うことが多いから、個室のある店を数多く把握しているらしい。

「寿司屋にも個室ってあるんだ……」

「慣れたらカウンターに行くか？」

「難易度高い……」

なにしろ裕理は回転寿司にしか行ったことがなかったのだ。そうでない寿司店はもうそれだけで高級というイメージなのに、ここはそのなかでも相当グレードの高いところだ。加堂はそう言ってはいなかったが、裕理にだって普通の店でないことくらいはわかった。

事前に嫌いなものはないと言ってあるので、出されたのは加堂とまったく同じものだった。飯台ではなく、深緑色の大皿に盛られた握《にぎ》りは、裕理が知っている寿司とは明らかに違っていた。少し小振りで上品で、まず見た目からしてきれいで、食べるのがもったいないというのはこういうことかと実感した。

「いまなら写真撮りたがるやつの気持ちわかる……」

「早く食べないと乾くぞ。海苔《のり》も湿気《しけ》る」

「はっ……そ、そうだよな」

教えられた通りに箸《はし》を持ったはいいが、いざ食べようとして思わず加堂の顔を見てしまう。どうしたらいいのかわからなかった。

「食べる順番ってあんの？」

「通《つう》な食べ方としてはあるが、マナーにはないはずだ。好きなように食べればいい」

「うん」

そう言われてまずイクラを食べたのは、好きというのもあるが海苔がパリパリのうちに食べてみたかったからだ。

テンションが上がった。回転寿司やスーパーで買った寿司とはまったく別ものだと思った。もちろんほかのネタも、シャリさえもそうだった。

「一番いい顔をしてるな」

「だって、フレンチとか懐石って、緊張してて味とかよくわかんなかったんだよ」

いくら人目がないとは言え、マナーの講習もしくはテストという気がして余裕がなかったのだ。その点、寿司はマナーがないと言われて気が楽になった。もちろん順番以外の部分では多少あるらしいが、煙草《たばこ》にしろ香水にしろ裕理には縁のないものだったので聞き流していた。

それでも勢いに負けず一つ一つ味わって食べたのは、そうしないともったいないと思ったからだし、これが最初で最後、という可能性も十分に考えられるからだ。

小一時間の食事を終え、うだる暑さのなかにふたたび出ていく。裕理の機嫌は上昇したままで、足取りまで軽くなっていた。

「すげー美味《うま》かった……！　ウニが全然くさくねーの！　穴子《あなご》もさ、あれすごいね。半分に切って味二種類って！」

「塩とツメと、どっちが好きだった？」

「塩！」

「わたしもだな」

「同じだー」

意見が一致して、やけに嬉しくなる。にやにや笑っていると、隣で加堂がふっと笑うような気がしたが、顔を見たときにはいつもの無表情しかなかった。

暑さから逃れるように駐車場に戻り、博物館へと向かう。食事も楽しかったが、今日のメインは博物館だ。

子供の頃から化石や恐竜が好きだった裕理だが、もう何年もそれらと接する機会はなかったし、生まれ育った町を出るときに本のたぐいもすべて捨ててしまっていた。だが先日、テレビで恐竜の番組をやっているのをたまたま見て再燃したわけだった。

週末ということもあって、館内には子供の姿が多く見られた。カップルもいるが、やはり親子の姿が多い。スーツ姿でないとはいえ、堂々とした加堂といかにも学生――しかも高校生に見える裕理の組み合わせというのは、かなり浮いていた。幸いにして裕理は恐竜の骨格標本や復元模型に夢中で気付いていなかったし、加堂は基本的に気にしていないので、問題はまったくなかった。

「子供なんだか大人なんだか……」

加堂の呟きも裕理の耳には届いていない。キラキラと目を輝かせ、ひたすら標本や説明文を見たりと忙しい。

「やっぱティラノさんかっけー」

「恐竜にさん付けするな」

「えー、そこはほら、敬意を表して？」

笑いながら返すと加堂は意外そうな顔をした。

「返事があるとは思わなかった」

「え、なんで」

「完全に自分の世界に入っているのかと思っていたからな」

「入ってたけど、加堂さんのこと忘れたわけじゃねーし」

いくつか言葉を聞き逃したという自覚はあったが、加堂の存在は常に意識している。直接言葉を交わさなくても、すぐ近くにいてくれるというだけでひどく安心するのだ。

いつの間にか加堂はそういう存在になっていた。

まずいなと思わないでもない。こんなふうになってしまって、また一人になったとき、寂しさに押し潰されてしまうんじゃないかという不安もあった。このまま自分が本物だと認められればいい。だが現段階で、その手段はないのだ。確証のない状態でずっとあの家に居続けられるものか、いずれ放り出されてしまうものか、それすら裕理にはわからない。すべては隆の判断一つだ。

「どうした？」

「え？　いや、別になんでも……読んでただけ」

もっともらしく言い訳をして、今度はアンモナイトを見にいこうと歩き出す。一応順路はあるのだが、それほど混んでもいないし子供たちは順路など無視して好きなように見ているから、裕理も同じように目に付いた順に見ていった。

先のことは考えないことにした。少なくともいまは展示を楽しんで、加堂が裕理の行きたいところに連れてきてくれた事実を噛《か》みしめよう。

「加堂さん、今度はあっち」

仕方なさそうに、それでもどこか楽しそうに従う加堂を見ながら、裕理は不安の種を胸の奥にしまい込んだ。

難しい顔をして加堂が部屋に入ってきたとき、ざわざわとした落ち着かない気分になった。いいか悪いかはわからない。だがなにか変化が起きそうな予感がしていた。

「もう一人、見つかった」

「え？」

加堂はドアの前から淡々と言った。いつもなら裕理のところまで来るはずなのに、その様子はなかった。

「須田が、英司《えいじ》さんの息子を見つけたと言ってきた。今日、連れてくるそうだ」

裕理は声もなく加堂を見つめた。

自分以外にもいるなんて思ったこともなかったが、よくよく考えてみればあり得ない話ではない。女性関係がだらしなかったことは周知の事実だし、裕理の母親を身ごもらせたように別の女性とのあいだに子供ができたとしても不思議ではないのだ。

「君より二つ年下の、大学一年生だ」

「そ……そう……」

「英司さんと付きあっていた女性の子らしいんだが……当時すでに既婚者だったようだな」

苦笑は亡き英司へ向けたもので、彼の節操のなさに呆れているらしい。人妻と関係を持っていたというのだからそれも当然だった。

「加堂さんの調査では見つからなかった人なんだ？」

「甘かったな。さすがに旅行先でのことまでは気にしていなかった」

加堂は苦い顔をした。どうやら英司が旅先で出会った女性らしく、短い逢瀬《おうせ》を数回重ねているうちに身ごもらせてしまったらしい。須田は子供の頃に、英司から「九州に友達がいる」という話を聞いたことがあり、それを覚えていて捜索範囲を広げたそうだ。

「その子の家族は？」

「両親と兄が一人。親は再婚同士で、兄は父親の連れ子だ。再婚後に英司さんと付きあって子供が出来たらしいが……まぁ、母親は黙っていたんだろうな。どっちの子かわからなかったただけかもしれないが」

「そんなことって……」

「まさか、二人も出てくるとはな」

「英司さんって……いや、なんでもない……」

「言いたいことはわかる。なんというか、あの人は放っておけないところがある男だった。わたしとは八つ違いだったから、そう接触なかったんだが……女が彼を放っておかなかったのはわかる気がする」

自分のなかで英司のイメージが音を立てて崩《くず》れていく。そういえば生前の母親は、裕理の父親について語るとき、いつも仕方なさそうに笑っていた気がする。きっと英司のだめな部分も含めて、彼女は許容し、愛していたのだろう。

「祖父《じい》さんには言えねーけど……ダメ男だよな？　顔はびっくりするくらい、きれいだったけどさ」

「会長にとってはいい息子だったんだ。男としてはな……問題があったが」

「ああ……うん」

「とにかく、もう到着するそうだ。君にもあとで紹介する」

裕理は頷《うなず》いて加堂を見送った。

にわかに緊張してきてしまう。彼が本物だとしたら、裕理にとっては弟になるのだ。期待と不安がないまぜになって、自然と手に力が入る。

一人になった部屋で、思わず母親の写真に向かって苦笑してしまった。

「母さん、そういう男だって知ってたんだな……っていうかさ、俺って一つも英司さんに似たとこないじゃん」

顔も似てなければ性格だって譲り受けたものはなさそうだ。少なくとも裕理は異性との付きあいに関してはかなり遅れている。当然、同性ともだ。夜の街で客を引っかけてはいたし、その際に身体《からだ》を触られたりキスされたりといったことはあったが、自分からしようとしたことはなかったし、セックスの経験もいまだにないのだ。なにより本気で人を好きになったことがない。あるのは子供のおままごとみたいな恋愛経験だけだ。

一つ上の美人の先輩を意識して、だからといって告白する勇気もなくて、彼女が卒業していって恋は自然に終わった。失恋というほどでもなかったと思う。彼女がいなくなる寂しさのほうが大きかったし、胸が痛いとか苦しいとかいったこともなかった。

「恋……かぁ」

呟きは静かな部屋に消えていった。


呼びに来たのは加堂ではなく吉野だった。いつものように恭《うやうや》しく接してはくるが、常にはないどこか浮き足だったような雰囲気があった。

「吉野さん、どうかした……？」

「いいえ」

マズいと思ったのか、吉野はすぐに普段通りの様子になった。そのあたりはさすがにプロフェッショナルだ。

連れられていった居間は十数人の来客にも対応できそうな広い部屋だった。長椅子《ながいす》も相応の大きさがいくつか揃《そろ》えられていた。

隆は正面の椅子に座っていた。最近は体調がいいのか、よく部屋から出てくるのだ。天気がいい日には庭に出ていることもあるくらいだった。加堂はこちらに横顔を見せる形で座っていて、裕理を見てひどく複雑そうな顔をした。

そして背中を向けている二人が、いっせいに振り返った。

「え……」

振り返ったうちの一人は須田だ。裕理を見て嘲笑《ちょうしょう》を浮かべていようが、どうでもいいことだった。むしろ視界にも入っていなかった。その隣に座っている青年しか目に入っていなかったからだ。

青年は英司にひどくよく似ていた。緊張に顔をこわばらせてはいるが、繊細な美貌は写真で見た英司に生き写しだ。

これ以上、明確な証拠はないだろうと思った。

「やぁ、裕理くん。どう？　彼、英司さんにそっくりだろ」

須田の声が遠い。その場から動けないでいると、加堂が立ち上がって裕理を促し、自分の横に座らせた。それを英司そっくりの青年はじっと目で追っていた。

吉野が頭を下げて出ていくと、須田はさらに言った。

「稲森智紀《いなもりともき》くんだよ。十代の頃の英司によく似てるって、大叔父《おおおじ》さんのお墨付き。少し線が細いっていうか、英司さんより小柄なのは、母方がそうなんだよね。でも顔は完全に英司さんだ。まだ十八だし、これからもう少しくらいは伸びるかも。ね？」

同意を求められた青年は、苦笑するだけでなにも言わなかった。おとなしそうな印象だ。

そして裕理と違って育ちがよさそうだった。

「で、彼がもう一人の、英司さんの息子候補の小坂《こさか》裕理くん。君と違ってまったく似てないけどね」

「……僕の兄弟ってことですか？」

少し硬質な、とても澄んだ声だった。話し方も落ち着いている。そんなところまで裕理と違って大人っぽいと思った。

そんな彼に向かって、須田は皮肉っぽく口の端を上げた。

「彼が本物ならね。彼はほら、母親が英司さんと付きあった後で父親不明で生まれたっていうだけだから。英司さん以外の男がいた可能性だってあるわけだし」

「そんなやついねーよ……っ！」

カッとなって叫んだ裕理を、須田は笑い飛ばした。

「はは、必死すぎ。君がそう思いたいだけだろ？　底辺の生活送ってたもんねぇ……橋本家と縁が出来て、嬉しいよな。しがみつきたいのはわかるけどさぁ」

完全に偽者扱いだ。送ってくる視線も言葉も、ついこの間まではあまりにも違う。それ自体はどうでもいい。もともと須田には好感情もなかったのだし、手のひらを返したような態度を取られても傷ついたりはしない。だが母親のことを侮辱《ぶじょく》されるのは我慢ならなかった。

それだけは許せなかった。

きつく握りしめた手が震えているのは怒りのせいだ。人を殴りたいと思ったのは生まれて初めてだった。

あと一言なにか言われたら殴りかかってしまうかもしれない。そんなとき、握りしめた手を軽く——触れるというほうが正しいような力で叩《たた》かれ、はっと我に返った。

「君の見解はもう結構だ。君の役目は彼を会長と引き合わせることであって、真偽について言及することではない」

冷ややかな視線を須田に送り、加堂は毅然《きぜん》とした態度でそう言った。あくまで隆の秘書としての言葉であり、裕理を庇《かば》ったわけではないが、須田はひどく不満そうだった。

「なんだよ、分《ぶ》が悪くなったからって」

「分もなにもない。たまたまわたしが依頼した調査会社が小坂裕理を見つけ、君が稲森智紀を見つけた……というだけのことだ」

「いつまでその子を置いとくつもりなのかねぇ」

「それを決定するのは、わたしではない」

決定権は隆にあると言外に告げると、さすがの須田も黙り込んだ。そのあたりを突《つつ》くことは、すなわち隆の意向に異を唱えるということになるからだ。

隆はずっと黙ったままだ。裕理が来る以前はしゃべっていたのか、それともやはり黙っていたのかもわからなかった。ただひどく静かな目で、この場を眺めていた。

「ご苦労だった、康介。あとはこちらで責任を持とう」

「吉野に案内させます」

加堂は吉野を呼びに席を立った。智紀もこの家に滞在することになるようだ。

「俺もしばらくここにいちゃだめかな」

「理由は？」

「え、いや……なんていうか、俺が見つけたわけだしさ」

「責任はこちらで持つと言ったばずだが」

必要以上に口出しするなと言わんばかりの態度に、須田はすごすごと引き下がった。食い下がって隆の心証を悪くすることは避けたいのだろう。こうして二人が対峙しているところを初めて見たが、思ったよりも須田は隆に近いポジションではないようだ。ひたすら隆の顔色を窺《うかが》い、媚《こ》びているのに対し、隆はひどく素っ気ない。

やがて吉野がやってくると、自然と解散の流れとなる。裕理は加堂に連れられて離れに戻り、須田はどうやら帰ることになったようだ。

帰る途中、智紀を案内する吉野の顔を見て、溜《た》め息《いき》をつきそうになった。隠しきれない喜びが全身から滲《にじ》み出ているようだった。古参の使用人である女性も同じような反応だ。彼らは英司のことを知っている人たちだから、そっくりな智紀が現れたことが嬉しくてたまらないのだろう。

裕理のときとはまったく違う反応だ。別にないがしろにされていたわけじゃない。とても親切にしてくれたし、歓迎もしてくれたのだろうと思っている。だがあくまでそれはゲストとしてだ。あんなふうに「英司の息子」として迎え入れてくれたわけじゃなかった。

「家令として問題だな」

加堂は溜め息まじりだ。吉野がはっきりとわかるほど感情を出してしまったことをよく思っていないのだ。

「いいよ。それくらい嬉しいんだろうしさ……あれだけ似てればしょうがねーよ」

しかも裕理には素行の悪さがあった。どこまで使用人たちに知られているかはわからないが、智紀のように上品でないことは間違いない。

「それでもだ。わたしが言うまでもなく、会長から苦言がいくだろうがな」

「ああ……厳しそうだもんな、そういうとこ」

この家の主人として見逃せないところではあるのだろう。たとえ今回が特例で、二度あるとは思えないようなことであっても。

加堂は一緒に裕理の部屋に来ると、出ていくそぶりを見せずに空いている椅子に腰《こし》かけた。

裕理はベッドに座ることにした。

「須田の言うことは気にするな。あれはもともと、ああいう質《たち》だ。いままでは、君にメリットがあると思って馴《な》れ馴《な》れしくしていただけだ」

「……うん。そうみたいだな」

「ショックか」

「別にあいつの態度自体はどうでもいいよ。けど……母さんのこと、あんなふうに言うのは許せねぇ。母さんには英司さんしかいなかったんだ。俺は英司さんの子供だ」

隆が須田の滞在を許可しなかったことは心底ありがたかった。あの様子では、どうせ毎日智紀のところへやってくるに違いないが、ずっといるのと一時的に訪れるのとでは気分的に違う。もっとも裕理のところへはもう顔を出さないだろうから、関係ないかもしれないが。

そんな裕理をじっと見つめていた加堂は嘆息してから淡々と言った。

「いないことを証明するのは、いることを証明するより難しい。それは確かだ」

「そっ……」

「だからといって、君が英司さんの子じゃないとは言っていない」

激高しかけた感情が霧散したのがわかった。まるで風船から勢いよく空気が抜けていくようだった。

「信じて……くれんの……?」

「話を聞く限り、君の母親がほかの男と付きあうとは思えないからな」

「う、うん……！」

思わず何度も頷いていた。けっして優しい言葉をくれるわけではないし、態度も素っ気ないが、彼はいつだって冷静にものを見て、判断する。だから彼は信用できると思った。都合のいいときだけ猫撫《ねこな》で声で擦《す》り寄ってきた須田とは違う。

「あんたが信じてくれるなら、いいや」

「須田以外は誰も否定してないぞ」

「でも、宙ぶらりんじゃん。持てあましてるっていうか……」

「この家は居心地が悪いか？」

「落ち着かないのは確かだけど、いろいろしてもらってすげー助かってる。涼しいし、飯の心配しなくていいし、静かだしさ。あと……父親の育った家だし」

離れではあるけれども、母屋は見えるし庭は共通だ。渡り廊下も広いせいか、普通の廊下のような感覚で、隔離されているといった感覚はなかった。滅多に母屋に行くことはないけれども。

「君は英司さんに対して、わりと好意的だな」

「嫌う理由ないじゃん。別に、母さんが妊娠してるの知ってて別れたとか無視したとかじゃねーし。母さんが惚《ほ》れ込んだ人だよ。たぶん放っとけないとこが可愛かったんだろうな」

言いながらつい笑みをこぼしていた。母親にとってかなり早い段階で思い出になっていたらしく、英司の話をするときは遠い目をしながらも優しく微笑んでいた。かつての恋人を想うというよりは、弟か子供に想《おも》いを馳せるような感じだった。

「だからさ、英司さんと……あと、英司さんが大事にしてたっていう祖父さんには、ちょっと特別な思い入れみたいなのがあんの。一方的だけど」

相変わらず隆との会話は弾まないが、最初のときほど裕理も緊張しなくなっている。気がつくと黙り込んで、にやにやしながら隆を眺めていることもあるくらいだ。祖父という存在は裕理にとって物珍しくも嬉しいものなのだ。

「……あの子は、どうなんだろーな」

「稲森智紀か」

「うん。見た目だけだと、俺のほうが弟みたいだよな」

「否定はしないが」

「嘘《うそ》でもいいから、そんなことないぞって言えよな。いいけど……あ、それであっちの家族って、どうなったか知ってるか？　あの子が英司さんの子供っての、言ったのかな」

「気になるのか」

「そりゃ……少しはね」

智紀が英司の子であることは、あの顔を見れば確実だ。他人の空似ということもあるが、彼の母親と英司が付きあっていた事実があるならば、親子関係を疑うほうが難しい。

だからこそ、気になるのだ。

「戸籍上の父親ってのがいるんだろ？　今回のことって言ったのかな。家族とトラブルになったりとか……」

「すでにトラブルになっていた、というのが正しいらしいな」

「え？」

「ずいぶんと前から不義の子なのではという疑惑を持たれていて、そのせいで家族とはうまくいっていなかったそうだ。実家は静岡なんだが、大学進学にあわせて家を出ている」

「そ……っか……」

天涯孤独の身の上もつらかったが、家族がいながらも関係が冷えてしまうのも相当つらいだろう。母親は実の親とはいえ、こうして智紀が橋本家に来たことを考えると、彼女ともいい関係ではなかったのではないだろうか。

「それも厳しいなぁ……。俺んとこはさ、すっげー仲よかったんだ。マザコンってよく言われたし、実際そうだと思うし……あ、そういえば加堂さんも両親を亡くしてるのか」

親を亡くして、隆が後見人になったという話は聞いたが、それ以上詳しいことはまだ知らない。

加堂のことを知りたいと思った。どんな些細なことでもいいから教えてほしかった。口に出しては言いづらかったけれども。

黙って加堂を見つめていると、加堂は小さく息を吐き出した。

「母は、わたしが十一のときに亡くなった。親類はいるが、疎遠になっている。父が亡くなったときにいろいろと揉《も》めて、それっきりだ」

「そうなんだ……」

よくこうも肉親との縁が薄い者が集まったものだ。もっとも裕理と智紀は事情が事情だから当然なのかもしれないが。

黙り込んだ加堂は、ただじっと裕理を見つめている。

居心地が悪いわけでもないのに、妙に落ち着かなかった。ざわざわと胸が騒ぎ、自然と目を逸《そ》らしてしまった。

最近よくこんなふうになる。裕理がこれまで経験したことのない感覚だった。

「すまなかったな」

「え？」

少しだけ顔を上げ、加堂の口もとを見つめる。それ以上視線を上へやることはできなかった。

「最初の頃、必要以上にきつく当たってしまった」

「あー……いやでもそれは……俺のあの状況じゃ仕方ねーと思うよ。俺のこと、かなり警戒してたんだろ？」

「していたな。会長に近付く人間には、どうしてもそうなるんだが、君という人間を誤解していた部分もあった。わたしもまだまだだな。見る目が甘い」

「けど……俺が犯罪スレスレのことしてたのは本当だし……」

「君が望んであんなことをしていたとは思っていない」

「あ……」

思いがけず柔らかい声が、すうっと裕理のなかに染みこんできた気がした。耳をくすぐるように、そして胸を震わせるように。

ぽろっとこぼれた涙に、誰よりも自分が驚いてしまった。

我に返って目元をぬぐおうとしたら、寸前で止められた。いつの間にか近くまで来ていた加堂が裕理の腕をつかんで顔から離し、代わりに真っ白なハンカチを目に押しつけてくる。

「わっ……」

「擦《こす》ると傷がつく」

「……ありがと」

さすがに身だしなみには気を遣っているらしく、ハンカチは汚れ一つないしピンと張りがある。裕理の涙を吸って、すぐに染みを作ってしまったけれども。

「わたしも天涯孤独の身になったが……会長がいてくれた。君は十八でたった一人になったんだな」

「……うん。なんか、母さんが死んだときさ……もうどうでもよくなって、這《は》い上がる気力もなくて、ただ……生きてた……」

自分から他人に関わっていこうとは思えなかったし、裕理に深く関わってこようという人間もいなかった。いや、いるにはいたが、それは裕理の見た目を気に入って下心を抱いた連中だったから、最初から拒否しか考えられなかったのだ。

「逃げてたんだと思う」

自分が傷つかないように生まれ育った町を捨て、他人との関わりも深くはしないようにした。ここへ来るときだって、加堂の態度に一度は断ろうと思ったくらいだ。須田のあの態度や言葉は、以前の裕理では耐えられなかったかもしれない。怒りを覚えるのではなく、ただ沈み込むことになっただろう。

「性根を入れ替えたんだろう？」

「まーね。余裕って大事かもしれないな……って思う」

衣食住の心配がいらないのは大きい。一人で暮らしていた頃は、なにかと体調が悪かったり気力が湧かなかったりしたものだ。もし病に倒れたら、どうなってしまうのだろうという不安もあった。常に神経を張り詰めていたのだ。

「夜型の生活も、実はちょっとつらかったし」

「あの環境じゃ満足に寝られなかっただろう」

加堂は椅子に戻ることなく、ごく自然に隣に座った。たったそれだけのことなのに、どぎまぎした。

意識してしまっている。ここまで来たら、裕理だって気付かざるを得なかった。

「う……うん」

「どうした？」

「い、いやっ……なんでもない……っ」

パタパタと顔の前で手を振ると、胡乱《うろん》な目をされてしまった。様子がおかしいと追及される前に、慌てて裕理は口を開いた。

「それよりさ、加堂さんって英司さんと会ったことあるんだよな？」

「ああ。ただ前にも言ったが、年が離れていたから、それほど話すことはなかった。わたしがこの家に引き取られたのは英司さんが亡くなったあとだしな」

「それもあって養子の話が出たのかな。あ、それでさ……覚えてる限りでいいんだけど、英司さんのこと話してよ。知りたいんだ」

「会長から聞いてるんじゃないのか？」

「聞いてるけど、それって父親目線じゃん。だから加堂さんの同世代目線っていうか、年下目線っていうか……聞きたい」

実は吉野にも聞いてみたことがあったが、彼は懐かしそうな目を細めるばかりで、あまり多くを語ってくれなかった。ただ気さくで朗らかな方だった、と言うだけだ。隆の話でもそれは随所に感じられた。

「あの子とは、かなり違うっぽいよな」

「そうらしいな。英司さんは……よく言えば快活で前向きで、人を惹《ひ》きつけるものを持っていたな」

「ちなみに悪く言うと？」

「享楽的で、後先を考えないタイプだった。本能で生きているタイプとでも言おうか……。寂しがり屋で甘えん坊でもあった」

「ああ……」

それは裕理が亡き母親から聞いた通りで、自然に笑みがこぼれた。だが英司を頭のなかでイメージしようとしても上手《うま》くいかなかった。おそらく智紀に会ったためだろう。

「わたしと接するときは、さすがに相応の態度だったが……」

「子供の加堂さんって想像できねーや」

「可愛げのない子供だったな」

「あ、それはわかる気がする……」

正直に言ってしまったが、加堂はふっと笑うだけだった。

想像力が乏しいなりに考えてみる。きっと彼は子供の頃から優秀で大人びていて、感情的だがそれを必要に応じて見せたり隠したりしていたのではないだろうか。そんな彼と英司はあまり相性がよくなさそうに思える。裕理ならば、八歳下——中学一年生の子がそんな子だったら苦手意識で避けたかもしれない。

だが加堂はやんわりと否定した。

「英司さんはわたしを弟だと言ってくれたな。だからといって兄貴風を吹かせることもなかったし、わたしを子供扱いすることもなかった。まぁ、数えるほどしか二人だけで会ったことはなかったが……」

「そっかぁ。声って、あの子に似てる？」

「どうだったかな……似ているような気もするが、印象が違う。話し方が違うからな。まぁ、稲森智紀もあれが地とは限らないだろう」

「あ、そっか。そうだよな。緊張してただろうし」

今度ゆっくり話してみたい。口に出そうとして裕理は呑《の》み込んだ。裕理はそう思っているが、相手もそうだとは限らないし、なにより周囲がいい顔をしなさそうだ。加堂はわからないが、下手なことを言えば彼を困らせることになってしまいかねないのだ。

沈黙が落ちた室内に、かすかな振動音が聞こえてきた。

「少し外す」

加堂は電話を手に部屋を出ていった。外す、と言ったからには戻ってくるつもりのようだ。

一人になって、裕理は力が抜けたようにベッドに横になった。昨夜、遅くまで本を読んでいて少しばかり寝不足だったことを思い出す。読書なんて久しぶりでつい夢中になってしまったのだ。

加堂と話して多少は和《なご》んだけれども、胸に巣食う不安自体は払拭《ふっしょく》できていない。智紀の登場によって、裕理の立場は以前にも増して微妙なものになった。誰が見たってあちらは英司の子だし、吉野たちもそう認識したらしい。隆も態度にこそ出していなかったが、同じ認識でいても不思議ではなかった。

智紀がいれば裕理などもう必要ないのではないだろうか。

「証拠ねぇしさ……」

母親がどんな人だったかなんて、裕理にしかわからないことだ。母親に会ったこともない人たちに理解してもらうのは無理というものだろう。裕理自身、まだこの家の人たちから信頼を得てはいない。加堂が信じてくれたのがいっそ不思議なくらいだった。

目を閉じて、胸の内の不安をやり過ごす。

故意に別のことを考えているうちに意識がふわふわとしてきて、自分が眠りに落ちかけているのがわかった。

ドアを開ける音がやけに遠く感じられた。

電話を終えた加堂が戻ってきたのだ。彼が近付いてくるのを感じながらも、裕理は目を開けることができなくなっていた。もはや自分が起きているのか眠っているのかもはっきりしない。

耳に心地いい声が間近から聞こえてきた。名前を呼ばれたような気もしたが、よくわからなかった。ただその声に誘われるように、意識がゆっくりと沈んでいく。

髪をさらりと撫で上げられた。指が気持ちいい。もっと撫でて欲しくて、裕理は自分からその手に擦り寄っていった。

またなにか言われて、額《ひたい》になにかが触れる。

キスだ――と思った矢先、裕理の意識はすとんと落ちてしまった。

「やっぱりさ、大事な孫に近付けさせたくないってことじゃないのかな」

その事実を聞かされたとき、ああやっぱり……と思った。ショックはあったけれどもそう大きくなく、怒りなんてものも湧いてはこなかった。

ただイヤミっぽく言ってきた須田には、思うところはあったけれども。

彼は智紀の部屋が母屋に用意されたことを、誰に言われたわけでもないのに教えに来たのだ。むしろ家人たちは故意に黙っていたのだろうに。

吉野たちはもちろん、加堂もなにも言わなかった。裕理に気を遣ったのだろうが、別にいまさら傷ついたりしないから正直に言ってくれても……とは思った。

智紀と待遇差が出るだろうことは、彼を見た瞬間に覚悟した。気にしていないと言ったら嘘になるが、妬《ねた》んだり恨んだりなんてことはない。そして須田の言うことも、あながち間違いではないと思っていた。

離れの部屋が余っているのに使わなかったのは、裕理と智紀の接触を避けるためで間違いないだろう。ほかに理由がない。以前覗《のぞ》いてみたことがあるが、ほかの部屋もきれいで設備も整っていて、いつゲストを迎えてもいいように保たれていたからだ。だが接触させたくない理由までは思い浮かばなかった。

裕理が智紀を嫌がらせをするとか、危害を加えるなんてことは思っていないはずだ。思っていないと信じたいが、ほかに理由は思いつかなかった。

「ま、当然の処置だろうね。智紀は本物なんだから。効果的な示し方だと思わないか？　使用人にも、わかりやすい」

「っていうか、わざわざそれ言いに来たわけ？　よっぽどひまなんだな」

あるいはさほど重要な仕事を任されていないのだろうか。ふとそう思ったが、賢明にも裕理は黙っていた。

「結果は出してるからね」

「ふーん」

裕理は適当に返事をしてテキストのページを捲《めく》った。ちなみに須田が押しかけてきた直後に一度顔を見て以降、二度と彼に視線をやっていない。どうやらそれが馬鹿にされていると感じるようで、須田はかなり不機嫌だ。裕理としては不愉快だから顔を見たくないというだけなのだが。

「ま、そうやって大きな顔してられるのも時間の問題だろうね」

「……言わせてもらうけど、俺は大きな顔してここにいるつもりはねーよ。少なくともあんたよりは」

「詐欺師《さぎし》が偉そうに」

「は？　詐欺ってなに？　なに言ってんの、あんた」

ここでようやく裕理は須田を見た。あまりにも意味不明で、つい視線を向けてしまったら、得意げな男の顔を目《ま》のあたりにするはめになった。

わかりやすい男だと思った。

「孫だと認められて養子になれれば、相続できるだろ。半分だとしても相当なものになる」

「半分……？　あんた、身内じゃねーの？」

「俺は法定相続人じゃないし、大叔父《おおおじ》は俺にも母にもくれる気はないんだよ」

「ふーん……そうなんだ。で、つまりあんたは俺が金目当てって言いたいんだ？」

「違うってのか？」

「あんたには、たぶんなに言っても意味ねーと思う」

どうせ頭から財産目当てだと決めつけて、裕理がなにを言っても信じないか、曲解するだけだろう。だったら労力の無駄だ。

早く帰ってくれないものだろうかと思いながら時計を見ると、もう五時を過ぎていて溜息をつきたくなった。この時間ならもう須田は会社に戻らず、このまま夕食まで居座る気に違いない。

「あのさ、俺んとこなんかにいないで、あの子のとこ行けば？」

「智紀はいま大叔父と話してるんだよ」

「ああ、それでか。マジでひまだったんだ」

ひま潰し、あるいはストレス解消の相手にされてしまったのかと、ますます溜め息が深くなりそうだったが、いやそうなそぶりを見せるとこの男をつけあがらせそうなので、裕理はなるべく気にしていないふうを装ってテキストを見た。

だからドアをノックされたとき、思わず安堵《あんど》の息を吐いてしまった。来訪者に気を取られていた須田が気付かなかったのは幸いだった。

現われたのは加堂で、その姿を見た裕理はさらに安堵したが、須田は小さく舌打ちをしていた。

「おかえり。早かったな」

「ああ……須田はここでなにをしている？」

「ちょっと世間話をね」

「本当か？」

「世間じゃない気がするけど。あれだよ、智紀って子の部屋が母屋になった、って話とか、いろいろ」

咎《とが》めるような須田の視線にも裕理は怯《ひる》まなかった。告げ口をしたとでも言いたいのかもしれないが、裕理にしてみれば庇ってやる理由はない。それにどうせ後から加堂に追及されて言うはめになるのだ。

「なるほど。どうやらノルマが足りないらしい。後で君の上司に頼んでおこうか」

「ちょっ……ふざけるな……！」

「ふざけてなどいない。相談役として、少しばかり口を出させてもらうだけだ。直接わたしが言うわけではないがな」

「……子会社なんだっけ」

ぼそりと呟くと、須田がものすごい勢いで睨《にら》んできたが、裕理は気付かない振りをしてペンをまわした。

自業自得だ。これで少しはこの家に顔を出す機会が減るかもしれない。

「そんなことより、居間に来てくれ。会長から話があるそうだ」

「え……」

「やっとかよ」

ふんと鼻を鳴らし、須田はさっさと部屋を出ていった。

裕理が不安を隠せないでいると、加堂が入ってきて手からペンを取り上げた。その顔はいつも通りあまり表情が変わらなかったが、緊張感のようなものは見られなかった。

「大丈夫だ。少なくとも君に出ていけという話じゃない」

「じゃ、なに？」

「それは会長の口からだ。行くぞ」

促され、昨日と同じく居間に行くと、隆と須田が待っていた。顔を見ると腹が立ちそうだったので須田の顔は見なかった。

裕理たちが座ってすぐに、智紀が吉野に連れられてやってきた。

なんとなく裕理は顔を上げなかった。目があっても笑える自信がなかったからだ。智紀に対する感情は複雑すぎて、自分でもどうしたらいいのかわからなかった。

異母兄弟かもしれない相手だ。いや、裕理のなかではもう確定している。英司によく似ていて、弟で、けれども自分と違ってこの家に受け入れられている。羨望がないと言ったら嘘になった。その気持ちが嫉妬になってしまうんじゃないかという恐れと後ろめたさが、目をあわせることをためらわせるのだ。

「二人のＤＮＡ鑑定をすることにした」

「え？　でも……」

「異母兄弟ならば、ある程度近いという結果は出るだろう。一人ではどうにもならんが、二人いるならば鑑定の意味はある」

「なるほどね。そうか、その手があった」

須田はやけに嬉しそうだ。彼のなかで裕理が偽者だというのは決定事項らしく、結果が出れば裕理を排除できると考えているらしい。

須田がそれほどまでに裕理を追い出したい理由がよくわからなかったのだが、ついさっきわかった。相続が絡んでいるのだろう。最初の頃、裕理に取り入ろうとしていた理由もそれで説明がつく。智紀一人が孫と認められ、将来隆の遺産を相続することになれば、彼を見つけ出した彼は後見人という立場になれるかもしれないのだ。裕理が加堂の世話になっていることを考えると十分にあり得ることだろう。

もっとも隆が須田をどこまで信用しているのかは不明だが。

「承知してもらえるな？」

「うん」

「はい」

裕理と智紀はそれぞれに頷いた。即答したのが意外だったのか、須田がわずかに眉をひそめたが、隆の手前なにも言うことはなかった。

すぐに解散を告げられて、加堂とともに部屋に戻る。背中に視線を感じたが、誰のものかはわからなかった。

「食事はどうする？　今日も部屋に運んでもらうか？」

「うん」

「ほとんど母屋で食事をしないな」

「だって気兼ねなんだよ。見張られてる感じ」

小声で言いながら廊下を進み、自室へと戻る。当然のように一緒に来た加堂は、吉野に食事のことを告げた。彼もここで食べると知って裕理は目を丸くする。

「食べるんだ」

「迷惑か？」

「そんなことない！」

自分で驚くほど大きな声が出て戸惑う。迷惑どころか嬉しいというのは、さすがに言えなかったが。

食事を待つあいだ、裕理は先日と同じようにベッドに腰かけ、あれっと首を傾げた。

忘れていた夢のワンシーンを唐突に思い出すような感覚だった。浮かんできたのは、夢《ゆめ》現《うつつ》の状態で額にキスをされたその感触だった。いや、実際のところキスかどうかは不明だ。

裕理は目を閉じていたのだ。だが他人の体温がひどく近くにあったこと、額に触れられたこと、そして低い声で「おやすみ」と言われたことだ。

あの後、目が覚めたときは掛け布団のなかにいたが、思えばいつどうやって潜り込んだかは覚えていない。

もしかして……と思いながら加堂を見るが、彼は持ってきたタブレットを開いてなにか作業をしていた。

「夢……？」

あれは現実なのか、夢なのか。目を覚ましたとき、ベッドできちんと寝ていたことは証拠にならない。無意識に自分で潜り込んだことだって十分にあり得るからだ。

真相が気になって仕方ない。だが加堂に聞くのもためらわれた。どんな妄想だと、嫌悪の目を向けられたら、きっとしばらく立ち直れないだろう。

裕理は本を読む振りをして、何度か加堂を盗み見た。そのうちに食事が運ばれてきて向かいあうことになったが、結局昨日のことに触れられずに終わった。

数日ぶりの外出から戻り、裕理は大きく息をついた。

相変わらず外はうだるように暑い。外の空気に触れたのは、車を乗り降りするときだけだったというのに、涼しい家に戻ってきた感想は「暑かった」だった。

今日は例のDNA鑑定のため、加堂と出向いてきたのだ。施設へは、なぜか智紀と別々に行くことになり、入れ違うようにしていまは智紀が施設にいる。裕理には加堂が、そして智紀には吉野がついていったらしい。須田でなかったのは隆の指示だそうだ。もっとも彼は現在、かなり忙しいらしいので、そんな余裕はないようだが。

それでも週末はここに入り浸っているのだから、そのバイタリティには感心すらした。

おかげで智紀とはいまだに話が出来ていない。智紀がこちらを見ているのは感じるし、裕理も何度か話しかけようとしたのだが、ことごとく潰されてしまうのだ。須田であったり、使用人たちであったり。

「あの子の部屋、番号わかんねーし、こっそり部屋抜け出そうとしても、絶対に誰かが気付くんだよな。もしかして俺の部屋のドア、センサーかなんか付いてんじゃねーの？」

「まさか」

「けど、徹底してんだよ。俺は危険人物かっての」

「そういう意味じゃないぞ」

加堂と連れだって入ったのは、彼専用の書斎――というよりも仕事部屋だ。もちろん母屋にあり、彼の寝室とは隣りあっている。なぜここへ来たかと言えば、それは裕理の部屋のエアコンにちょうど清掃が入っていたからだ。外出中に終わっているはずが、裕理が予定より早く帰り着いてしまったので、作業もなかばだと言われた。かなり恐縮されてしまったが、別に問題ないと言って加堂が連れてきたのだった。

窓を背にする形で大きなデスクが置かれ、手前には長椅子とテーブル、壁にはキャビネットがあった。

ちなみにこの部屋は、母屋のなかでも一番離れに近い場所にある。裕理の部屋から一番近いということでもあった。

裕理は長椅子に座り、デスクに着いた加堂を軽く睨み付けた。

「で、話の続きだけど、どういう意味なんだよ」

正統な理由があるなら言ってみろと促すと、加堂はちらと窓の外を見た。庭の木でよくは見えないが、智紀の部屋のほうだった。

「さぁ。会長の判断だからな」

だから自分はわからないと言いたげだが、それは嘘だと確信した。そうなると裕理に嘘をつく理由など限られてくる。

「……そっか。やっぱ俺が信用されてねぇからか……」

「君が彼になにかするとは誰も思っていない」

「けど、悪い影響とか……そういう意味では警戒されてるってことだろ」

どちらも本物で異母兄弟だというならば仕方ないと諦《あきら》めもつくのだろうが、裕理が偽者だった場合は、以前の素行が問題視されるのは自然なことだ。大事な孫に、夜の街での悪い遊びを教えられてはたまらないというところだろうか。それに裕理が偽者だったとしたら、それこそ須田の言うように詐欺のようなものだ。

自嘲して黙り込んでいると、加堂は深い溜め息をついた。

「君たちを接触させないのは、情報を与えあわないようにするためだ」

「は？」

「ようするに余計な混乱を避けるためであって、君が考えているような理由ではない。須田は違うが、吉野たちはそういった意図で動いているんだ。説明を怠ったことは謝る。とにかく君はおとなしく鑑定結果を待てばいい」

「けど……」

「むしろその後、吉野が当惑しそうだが……許してやってくれ」

「別に怒ってねーし。つか、両方本物だとしても、あの人たちがあっちびいきなのは変わらねーだろ」

彼らにとっては英司に似ているのがポイントなのだ。きっぱり断言しても、加堂は苦笑するだけで否定はしなかった。つまり同意見だということだ。

そこへノックの音がして、二人の意識がドアのほうへと向く。裕理の代わりに加堂が返事をすると、使用人の一人が大きめの封筒を持って現れた。

「こちらはお部屋にお持ちしますか？」

「いや、もらおう」

加堂は封筒を受け取り、すぐに中身を取り出した。

「仕事……じゃなかった。それもしかして報告書ってやつ？」

封筒に印刷されている文字を目にし、思わず尋ねた。調査事務所とくれば、自分に関係しているだろうと当然のように思ったからだった。後から考えれば仕事などで別のことを調べさせていた可能性もあったわけだが、たまたま当たりだったようだ。

「引き続き、調べさせているからな」

加堂はそう厚くはない報告書にさっと目を通していく。残念なことに裕理からは印刷面は見えなかった。

「なんかわかった？」

「いや……補足程度だ」

「見たい」

「わざわざ見るような内容じゃない。時間の無駄だろう」

素っ気なく言って加堂は報告書を封筒に戻し、デスクの引き出しに入れてしまう。

「俺、そんなに忙しくもねーけど」

「覚えることが山ほどあるだろう。大学へ行く気がないなら、ビジネス系の専門学校というのはどうだ？」

加堂の声に紛れて、かすかにカチリという音が聞こえてきた。彼の視線は裕理に向けられたままだが、手元は引き出しのあたりで動いていた。

鍵をかけたのだ。

最初の報告書をあっさり見せてくれたから当然今回もと思ったのに、なぜ見せてくれようとはしないのだろうか。見る必要のない報告だからと言っていたが、理由としてはあまりにも弱い気がした。

だがこれ以上迫っても無駄だろう。嘆息して裕理は引き下がることにした。

「……裕理？」

「え、あ……なんだっけ？」

「専門学校へ行かないか、という話だ」

呆れた調子で言って加堂はデスクを離れ、当然のように長椅子にやってきた。二人で座るには広く、三人で座るには狭いスペースだから、その距離はそこそこ近くなる。

ひどく意識してしまい、つい後ろに少し下がってしまった。逃げ腰なのには気付いているはずなのに加堂は指摘してこなかった。

「できれば就職したいんだけど」

「慌てる必要もないだろう」

「でもそれは、ここにいるのが前提だよな？」

「確信してるんだろう？」

「そうだけど……」

「それならまだ学生でいたほうがいい。君が英司さんの子だとわかったら、会長が多少なりと口出しすることもあるかもしれない」

この家の一員になると、それなりのしがらみもついてくるらしい。考えてみれば当然だ。隆は社会的な地位が高く人脈も広い。病気で伏せってからは直接会う機会はぐんと減ったそうだが、それでも隆に、そしてこの家に関わろうという者は多いという。遠い親戚というのも須田家だけではないので、多少はうるさいかもしれないとのことだ。

つまり慣れるまでは学生でいたほうが都合がいい、ということらしい。

そんな話をしているうちに、清掃が終わったという報告が来て、裕理は一人で自室に戻った。まだ智紀は帰っていないらしい。

ここが本当に自分の部屋になればいいのにと、一人きりの部屋でぼんやりと考えた。今日は比較的涼しいから、エアコンを切って窓を開ける。木々のあいだを通ってくるせいなのか、風が爽《さわ》やかに感じられた。

しばらくそうやって窓辺にいたが、車の音が耳に入ってきた。なんとはなしに目をやり、加堂の車が出て行くのを見た。

本当に忙しい男だ。そんななか、裕理のために時間を作ってくれているのだ。嬉しくないはずがなかった。

車は門をくぐっていき、やがて音も聞こえなくなった。

「さっきのあれに関係あんのかな」

仕事だろうと思うが、つい考えてしまう。あんなふうに隠されたら余計に気になるではないか。

ただの好奇心ではない。自分に——そして両親に関わることだから知りたかった。

裕理はしばらく考えてから、窓を閉めてデスクの引き出しを開けた。筆記用具と、レターセットくらいしか入ってない。ふと資料のコピーを留めてあるクリップを目にし、それを外して針金を引き延ばした。

強度はぎりぎりというところか。

「ダメ元だ」

そっとドアを開け、廊下に人の気配がないことを確かめる。そうして階段を下り、渡り廊下を通って手前から二つ目の部屋へと身を滑り込ませた。智紀が外出中だからなのか、裕理の行動に気を配るものはいなかった。

慎重にドアを閉め、小さく息をついた。

持ち主のいない部屋はやけに広く感じられ、かすかな物音さえも大きく響いた。

裕理はデスクをじっと見つめた後、意を決して近付いていく。立派なデスクをまわりこみ、膝《ひざ》をついた。

「……開くかどうかなんて、わかんねーし……」

言い訳のように呟いて、握りしめたままだったクリップの先を鍵穴に差し込む。

何度聞かされたかわからない。アパートの隣人のせいで覚えてしまったやり方だが、実際にやってみるのは初めてだった。

玄関の鍵では無理だろうが、デスクの引き出しなら開けられそうな気がした。

差し込んだクリップを動かしてみる。隣人が鍵の構造まで語っていたことを思い出し、何度か動かしていたら、確かになにかしらの手応《てごた》えがあった。

そっと引き出しを手前に引いてみると、呆気《あっけ》なく開いてしまった。

さすがに躊躇《ちゅうちょ》はした。人の部屋に勝手に入り、鍵を開けて、隠されたものを見るなんて、よくないとわかっている。加堂が知ったら失望するだろう。手癖が悪いと、今度こそ見捨てられてしまうかもしれない。

なのに自分を止められなかった。何度も頼んでみるとか、諦めずに問いかけてみるとか、ほかにも方法はあったはずなのに。

取り出した封筒を見つめたまま、しばらく動けずにいた。

加堂への信頼と、わずかに芽生えた疑問とが、裕理のなかでせめぎあっている。

「意外とごまかすの下手だし……」

苦笑まじりに呟き、裕理は中身を取り出した。いまならまだ間に合うという声が頭のなかでしたけれども、そのまま捲って文章を追っていった。

すでにこのとき、裕理はある程度の覚悟をしていた。

ああ、という溜め息とも声ともつかないものがこぼれる。裕理にとって信じたくはないことが綴《つづ》られていた。

嘘だと言いたかった。あの母親が、英司と同時期に別の男とも付きあっていた……なんて。しかもそれは複数の証言で、実際に話を聞いた人の名前まで書いてあった。そのなかには裕理が見知っている名前もある。さらに、裕理が生まれる一年前には、もう英司と別れていたはずという証言さえも。逆にその頃に英司と母親が会っていたという証言はまったく得られなかったという。

問題の男性と二人で写っている写真も添付されていた。その男性の身元も判明していた。

「この人……」

裕理はその男性を知っていた。報告書にある通り、母親の勤め先にいた人で、既婚者だった。幼い頃に、彼には何度かお年玉をもらったことがあったはずだ。小学校に上がったあたりまで毎年くれていた気がする。彼はいつも笑顔で、裕理の頭を撫でてくれた。

顔は忘れてしまっていたが、写真を見たら確かに彼だと思った。裕理は子供だったからわからなかったが、周囲は二人を恋人同士――つまり不倫関係にあると思っていたのか。

あり得ない。そんなはずはない。けれども容赦《ようしゃ》ない文字の羅列は、裕理が知らなかったことを次々と突きつけていく。

裕理が七歳のとき、母親はその男性と結婚しようとしていたらしい。ただ相手が離婚問題で揉めているうちに立ち消えてしまったという。裕理のために結婚を考えている、と友人に告げていたことが、その人の名前入りで記載されていた。問題の男性はすでに亡くなっていて、話を聞くことはできなかったらしいが、妻には話を聞いてあった。男性が裕理の母親との結婚を考えていたことは事実だったようだ。そして彼女も、裕理が自分の夫の子ではないかと疑っていた。

目を閉じて、幼い頃の記憶を手繰《たぐ》り寄せてみる。確かにいつだったか、母親に「お父さんが欲しい？」というようなことを訊かれたことがあった。

「なんて言ったっけ……」

自分の返事は思い出せない。欲しいとも言いそうな気がするし、いらないと言いそうな気もした。どちらにしても、いまさらだ。考えてみたところで意味はないだろう。

目を開けて、最後まで目を通した。そうして裕理は、母親が語ってくれたことだけが事実ではないのだと知った。

震える手で報告書を封筒に戻したが、そのまま止まってしまう。あんな報告書だったから、加堂は見せようとしなかったのだろう。裕理にショックを与えないために――。

床に座り込んで、裕理はしばらくぼんやりとしていた。部屋に戻らなければと思いながらも身体が動かなかった。

どのくらいそうしていたのかは裕理にもわからない。ふいに声が聞こえてきた気がして、我に返った。

あれは須田の声だ。廊下で声を張っているらしい。なにを言っているかまではわからないが、相手がいることは間違いなさそうだった。どんどん近くなる声を聞きながら、我に返った裕理は封筒を戻して引き出しを閉めた。

須田があんなに声を尖《とが》らせているならば、きっと加堂が相手だ。近付いてくる声から逃げるようにして隣の寝室へ入り込む。その判断は正しかった。直後に書斎のドアが開き、加堂と須田が入ってきたからだ。

ほっと安堵の息をついた。早く廊下へ出て自室に戻らねばならないが、もし須田がまだ廊下にいたら困るから、耳をそばだてて書斎の様子を窺った。廊下と部屋を隔てるドアと違い、部屋同士を繋《つな》ぐドアは少し薄いようだ。

「だからさ、おまえにどうこう言われる筋合いじゃないって言ってるんだよ」

「君の行動は目に余る。あれだけ裕理にまとわりついていたのに、今度は稲森智紀か。しかも裕理には言う必要のない暴言まで吐く始末だ。会長からも注意があったはずだが？」

つい先日、須田は隆直々に釘《くぎ》を刺されたらしい。加堂が現状を訴え、頼んでくれたようだ。吉野からは以前は裕理の部屋によく行っていて、いまは智紀の部屋に行っている、くらいしか聞いていなかったようだ。

おかげで須田が裕理にところへ来ることはなくなったが、智紀のところへはなにかと入り浸ろうとしているようだ。そのせいか智紀は自室にいることは少なく、近くの図書館へ勉強しに行ったりしているらしい。

須田は舌打ちし、憎々しげに呟いた。

「本当に目障りなやつだな。ま、お互いさまだろうけど」

「そうでもない。多少の羽音は聞こえるが、視界に入るほどのものじゃないからな。わたしにとって君はその程度だ」

辛辣《しんらつ》なもの言いに、踏み出しかけていた足が止まる。いまなら廊下へ出ても大丈夫そうだと思ったのに、びくっと身体が震えてしまった。

最近では向けられなくなった手厳しさを思い出す。加堂の本質はたぶんそちらだ。無理をして抑えているのかどうかまではわからないが。

須田の返しはない。もしかしたら屈辱に震えているのかもしれなかった。

「とにかく、稲森に妙な下心を出すのはよせ。彼に本気だというなら止めはしないが、残念なことに君の目的は彼が受け取るだろう財産だろう」

「おまえだってそうだろうが！」

「君と一緒にするな」

激高する須田に対し、加堂はあくまでも冷静だった。

早くここから立ち去らなくてはならない。本能的な部分がそう告げているのに、床にくっついたように足は動かなかった。

「一緒だよ。いや、もっと悪質だな。なにしろ偽物を連れてきて、すっかり手なずけちまったんだからな」

「それは君の思い込みだ。自分の価値観でしか見られないという、いい見本だな」

「こっちだって多少は小坂理絵子《りえこ》のことをつかんでるんだよ。裕理の父親は、別にいるっていうじゃないか」

「そういう噂はあったらしいが、確実なことじゃない。なにしろ二十年前の話だ」

「それ言ったら、裕理の母親と英司さんが付きあってたのだって、確実な話じゃなくなるぞ。なにしろ写真一枚出てこないんだからな」

耳を塞《ふさ》いでしまいたい。そう思いながら、裕理はのろのろと足を動かした。もどかしいほど上手く動かない。

「小坂理絵子が英司さんと付きあっていたことは事実だ。裕理に事前情報を与えていない段階で、彼は英司さんの話をした」

「だからって、裕理の父親が英司さんだって証拠にはならないだろ。つまり、お互いさまってことだよ。会長さま亡き後、自分の立場が心配なんだって言ったらどうだ？　残念だったよなぁ、あのとき養子の話、潰されてさ」

「関係ない」

「あーあーかわいそうに。裕理は自分が本物だって信じてるんだろ？　俺にだってわかるよ。あれは自分が偽者だって知ってたら、おまえに協力なんかしないタイプだ。うまいことやってるよなぁ」

「くだらん」

吐き捨てる加堂の声を聞いて、ようやくまともに足が動くようになった。廊下へ出て、そっとドアを閉めて、自分の部屋へ飛び込んだ。

後ろ手にドアを閉めた途端に、力が抜けてずるずると座りこんでしまった。

ひどく混乱していた。

「だから……見せなかったのか……？」

真実を知った裕理が出ていくのを阻止するためなのだろうか。そして加堂が優しかった理由は、須田の言うように裕理を取り込むためだというのだろうか。

いや、そんなはずはない。あれが嘘だったとは思えない。

いま加堂の顔を見たら、大声を上げて問い詰めてしまいそうだ。なにも考えられず、ただ感情のままに。

「頭、冷やさなきゃ……」

冷静になって、いろいろな情報を整理して、きちんと考えなくてはいけない。ここにいたら、そのうち加堂が来てしまう。その前に引き出しのことに気付くかもしれない。そうしたらもう、話は核心に迫るものになるだろう。

決定打が出てしまう前に、裕理は逃げるようにして部屋を出た。先日出かけたときに持ったバッグだけを手に。

母屋へは行かず、離れの出入り口から庭に出た。まだ智紀が来る前に何度か庭は散策していたから、裏の通用口のことも知っていた。

裏庭を横切ろうとして、その一角にほっそりとしたシルエットがあることに気付いた。智紀だ。鑑定施設から戻っていたらしい。なるほど、その時間にあわせて須田は押しかけてきたのだろう。

視線があわさったのは一瞬だけだ。裕理はすぐに目を逸らし、智紀の視界から消えるように建物をまわりこんだ。

智紀がなにか言いたそうに半歩踏み出しかけていたことは、見なかったことにした。手持ちの金は、もともと持っていた分だけだ。橋本家では衣食住の費用も交通費もかからない代わりに、現金を与えられるということもなかったからだ。

最寄り駅がどこにあるかもわからなかったから、とりあえず大きな通りへ出て、タイミングよくやってきたバスに乗り込んだ。

バスが連れていってくれた駅は、これまで通過したことさえないところだった。駅前はそれなりににぎやかで、店がたくさんあった。

「あっつい……」

余裕がないと暑さまで感じないものなのだろうか。いまごろになってようやく、蒸し蒸しとした空気が気になってきた。

そのまま一番安い切符を買って、最初に来た電車に乗った。どこへ行こうと思っていたわけでもないのに、車掌が行き先をアナウンスしたとき、脳裏に恩人の姿が浮かんだ。

結局裕理は、もう二度と来るまいと思っていた街に降り立っていた。

客としてならば、ママが裕理の話を聞いてくれるかもしれない。そんな考えで。

ようやく薄暗くなってきたところなのに、人の流れは相変わらず多く、余計に暑苦しさが増した。

バーへ行こうとしたものの、まだ開店時間までに相当あると気がついた。今日は客として行くのだし、七時の開店時間を待ったほうがいいだろう。

裕理はコーヒーショップでアイスコーヒーを買い、空いていた席に座った。

一口飲んだだけで、あとは氷で薄まるに任せた。故意にそうしたわけではない。ただぼんやりとしすぎて飲むのも忘れたというだけだった。

少しは冷静になったと思う。

たとえ自分が本物じゃないと言われて追い出されたとしても、加堂との関係があるならいいと思っていた。信用出来る人だと。

だがその加堂が自分を利用しているだけだとしたら……。

裕理は無意識にかぶりを振っていた。そんなわけがないと、自分に言い聞かせた。

とっさに逃げてしまったけれど、やはりちゃんと話をしなくては。加堂の真意がどこにあっても、それはもう仕方ないと諦めよう。もともとそういう約束だ。思いがけず優しくされて、裕理が勝手に好意を寄せて期待してしまっただけなのだ。

「それにしても……どーしよ……」

口のなかで小さく呟き、溜め息をつく。隣の席のカップルはやたらと騒がしいので、裕理の呟きを気にすることもなかった。

後先考えずに飛び出してきてしまっただけで、なにも橋本家に帰らないと思っているわけじゃない。だが連絡手段はないし、そもそも誰にも言わずに出てきてしまった。外出を禁止されているわけではないから、一言断れば問題なかったはずなのに、出てきた形がよくなかった。

これは開店と同時に入って、一時間ほどで出て、帰ったほうがよさそうだ。

「あ……」

駅の名前は覚えているが、橋本家の住所がわからないことに気がついた。これはあの駅からタクシーに乗るしかないだろう。大きな家だから、運転手もわかってくれると信じたい。そうだ、その前に交番で聞けばいい。

なんとか戻る算段もついたところで裕理は店を出た。そろそろ七時だ。ゆっくり歩いていけば、開店と同時くらいに入れるだろう。

道のりは身体に染みついている。街の明るさとやかましさ、そして空気の悪さに、多少の懐かしさとそれ以上の違和感を覚えた。当たり前だった空気に馴染めなくなっているのを自覚する。この街に、そして以前の生活に戻りたくないと強く思った。

店の看板が見えてきた。ほっと息をついたとき、ぽんと肩を叩かれた。

「っ……」

びくっと身を竦《すく》め、恐る恐る振り返る。

知っている、けれども望んだ相手でなかったことにがっかりした。

「なんだよ、その『外れた』みたいな顔」

「あ、ああ……ごめん。なに……？」

名前は知らない、けれども顔だけはよく知っている男だ。このあたりを遊び場にしている大学生らしい。

「久しぶりじゃん。ママがさ、もうおまえは来ねぇとか言ってたんだけど、復帰？　客になってやろーか？」

「いいよ。それに俺、復帰する気ねーし」

「ふーん？　じゃあ遊びに来ただけか」

「挨拶《あいさつ》っていうか……」

早く店に入ってしまおうと足を進めるが、男は馴れ馴れしく肩に手をまわしながらついてくる。

彼は以前から何度も裕理を誘ってきた。けっして口説《くど》くわけではなく、直接的にセックスのみを求めてくるのだ。

「なんか垢抜《あかぬ》けたじゃん。いいとこの坊ちゃんみてぇ」

「……そう見える？」

「見える見える。いいな、これも。ヤベェ、いいかもしんねぇ」

肩の手を外させると、すかさず手をつかまれた。会えば必ず誘われてはいたが、断ればあっさり引いていく男だっただけに、こんな反応は意外だった。

「なんか今日しつこい」

「だってよぉ、今日すげーいいんだもん。前より可愛くなってね？　俺、バイだけど基本的には女なんだよね。けど、おまえみたいのなら男もあり」

「あ、そう」

欲しくもない個人情報を与えられても困るだけだ。

店まではほんの十数メートルだ。だったらなにも無理して振り切ることもないかと、裕理は歩き出す。このままこの男を連れていけば、少なくとも一杯分の売り上げにはなるだろう。裕理はもちろん謝礼を受け取る気などないが、困っていることはママにもわかるだろうから、きっと帰るときに協力してくれる。

肩を抱かれたまま歩いていると、男が顔を近づけてきた。

「なぁ、やらせろよ」

息がかかる。耳に触れる声に、鳥肌が立ちそうだった。もちろん答えなんて決まっていた。いつもよりきっぱり断ろうと声を出そうとしたとき、後ろから声が聞こえた。

「断る」

「え……」

振り返る速さは男より裕理のほうが早かった。

すぐ後ろには、この街にまったくと言っていいほど似つかわしくない男が立っていた。隙《すき》のないスーツ姿にネオンはあまりにも似合っていない。いつも通りの彼なのに、息が少し乱れているようだ。

「なんだよ、あんた」

「いま、その子を性交目的で誘ったのか？　彼の年齢は把握しているか？」

加堂は裕理にとって予想外のことを言い出したが、まだ馴れ馴れしく肩を抱いている男にはかなり有効な言葉だったらしい。

「まさかマジで高校生っ？　童顔の大人だって前に言ってて っ……」

「え、あ……いやあの……」

成人していると言おうとしたが、とっさに笑ってごまかした。そのほうがいいような気がしたからだった。

「マジで勘弁。悪いけど、知らなかったんだから見逃してくれっ」

男は這々《ほうほう》の体《てい》で逃げていった。残されたのは、ぽかんと口を開けて見送る裕理と、いくぶん厳しい顔をした加堂だ。

「……なんで、あんなこと……」

「一番穏便にすむからな」

それはそうかもしれないな、と思わず頷く。下手に身内だと明かしたり、他人が善意で助けようとする形より、さっきのように取り締まる側のような雰囲気で押すのは有効だ。後ろ

暗いことがあるならなおさらだろう。

ふいに腕をつかまれて、行くぞと言われる。そのまま歩くと悪目立ちすると思ったのか、加堂は裕理から手を離し、斜め後ろを歩く形で大通りへと促した。

ひどく気まずかった。探してきてくれたのはわかるが、まだ言葉らしい言葉をかけてもらっていない。怒っていないはずはないが、叱責一つ飛んでこない。

タクシーに押し込まれ、告げられた行き先に驚いて加堂を見たが、説明はしてもらえなかった。どこだかはわからない。だが橋本家でないことは間違いなかった。

加堂は電話をかけ、裕理を保護したことを報告していた。口調からして相手は吉野だろう。彼から隆に話が伝わるのだ。

「須田はまだいるのか？　ああ……すまないが目を光らせておいてくれ。こっちは気にしなくていい。そうだ」

吉野の声は聞こえなかったが、簡単に確認のような言葉を二、三続けると、加堂はすぐ通話を終わらせた。

不安が押し寄せてきて、俯《うつむ》いてしまう。やはり自分は放り出されるのだろうか。それとも勝手に出てきたから、もうあの家に入れてはもらえないのだろうか。

悪いほうへ悪いほうへと考えが走る。

諦めにも似た気持ちになっていると、隣に小さく嘆息する声が聞こえた。

髪をくしゃりと撫でられて思わず顔を上げたが、加堂は前を向いたままだった。車内の暗さでは彼がどんな顔をしているかまではわからない。

ただ怒ってはいないらしいことだけは伝わってきたから、少しだけ肩から力が抜けた。

どこを走っているのかわからないまま、裕理は加堂に続いてタクシーを降りた。周囲は住宅街というよりもオフィス街に近い雰囲気だ。片側三車線の広い道路沿いにネオンはあまりなく、車はひっきりなしに通るが歩いている人は少なかった。

その一角にあるマンションに、加堂は迷うことなく入っていった。

エントランスで暗証キーを押し、エレベーターで十五階へ。取り出した鍵で加堂は部屋の一つに入った。

部屋は単身者用らしいワンルームだが、広々としていて造りは贅沢だった。ドアをくぐるとキッチンを含む水まわりが集まっていて、もう一つ引き戸をくぐると部屋があるといった形だ。

あるのはベッドだけだ。ソファどころかダイニングテーブルも椅子もなかった。

「たまに使っている部屋だ。ここから本社が近い」

「……加堂さんの？」

「そうだ。寝るだけだから、なにもないが……」

加堂は小さなビルトイン冷蔵庫を開け、ペットボトルの水を持ってくると、それを裕理に渡した。

「ありがと」

「適当に座れ」

そういって加堂は窓枠にもたれるようにして座った。裕理はどうしようかと考え、ほかにないから仕方なくベッドに腰かけた。床に座ろうとしたら止められてしまったからだ。

せっかくもらったが飲む気にはなれず、冷たいペットボトルを握りしめたまま、裕理はまた下を向いた。

「とりあえず……まずは誤解から解かせてくれ」

「誤解って？」

「今日の報告書を見たんだろう？」

「……ごめん、なさい……」

勝手に見たという程度のことではないのだ。なにしろ鍵をまともではない手段で開けたのだから。

「どうやって開けたのかは聞かないことにするが……一つだけ確認をさせてくれ。須田との話を聞いたのか？」

「っ……」

びくんと身体を震わせて、裕理はなによりも雄弁な肯定をしてしまった。すると加堂は苦笑まじりに溜め息をついた。

「やはりな。隣の部屋にいたのか」

「……うん」

「須田の言うことを真に受けたわけじゃないんだろう？」

「違う、けど……頭、真っ白で……報告書も、ショックだったし……なんか、足もと崩れてくみたいな気がして……」

母親がすべてを語ってくれなかったことが悲しかったのだろうと思う。だが冷静になって考えれば、裕理はまだ幼く、すべてを話せる相手ではなかったのだ。まして不確定な未来を語ることは避けたかったに違いない。そしてある程度育ったあとは、もう過去のこととして語る必要を感じなかったのかもしれないのだ。

「男女のことだ。多少曖昧《あいまい》な部分があったかもしれないと思わないか？」

「曖昧って？」

「終わり方はいろいろだ。互いにはっきり言葉に出して別れを決めることもあるだろうし、自然消滅というのもあるだろう。その場合、どこで関係が終わったかはわからない。まして他人にはな」

「母さんと英司さんが、そうだったっていうのか？」

「可能性の一つだ。単純に証言者の記憶が曖昧なだけかもしれない。君の母親が上司と付きあっていたというのも同じだ。実際には付きあっていなくても、他人からはそう見えたのかもしれない。どちらにしても、いま考えるのは無駄だ。鑑定結果が出てからでも遅くない」

裕理は小さく頷いた。

「そう思ったから、君には結果が出てから言おうと思っていた。いいか、君を利用するつもりなら、最初にあんな態度を取ったりはしない。わかるだろう？」

「あ……」

目を瞠《みは》り、裕理は加堂を見つめた。ようやく彼をまっすぐに見つめることができた。

その通りだった。現に須田は最初の頃、裕理に取り入ろうと必死だったではないか。もう冷静になっていたつもりだったが、まだ混乱は続いていたらしい。

「それに、わたしが偽者を会長の孫に仕立てあげようとしたところで、鑑定結果が出ればそこまでだ」

兄弟間のDNA鑑定を提案したのは加堂だったことを思い出す。もし須田が言うような企みがあったのならば、自らそんなことを言い出すのは不自然だ。鑑定先は隆が知人に頼んで手配してもらい、結果は隆に直接伝えられることになっている。公平を期すためだ。加堂が不正を働く余地はなかった。

「ごめん……なんか、もう……ほんとにごめん……」

「謝ることはない」

「けど、やな感じしただろ？　勝手に部屋入って、鍵開けて、無断で見てさ……それで、変な思い込みして逃げ出して……」

信用していなかったのかと失望されても仕方ないことをした。実際、裕理の心は揺れていたのだ。信じたい気持ちと、どこか諦めている部分とで。

あんなによくしてもらったのに。裕理を、そして裕理の母親を信じていると言ってくれたのに。

ふたたび俯いていると、隣に加堂がやってきた。いつの間にか窓のブラインドは下ろされていた。

「わたしに言葉が足りなかったのも確かだ。それと、行動もな」

「いっぱい、してくれたじゃん。本物だって言ってくれたし、いろんなとこ連れていってくれたし……」

「だが肝心なことを言っていなかったし、していなかった」

「肝心なこと？」

きょとんとして加堂を見つめていると、ふいに引き寄せられて胸に抱き込まれた。

かちんと固まってしまったのは仕方ないことだろう。まるで壊れものを扱うように、そっと抱きしめられるなんていう経験は、記憶している限りではなかったのだ。

心臓がうるさく騒ぎ出す。きっと顔は真っ赤だろうが、加堂から見えないのは幸いだった。

いや、きっと耳まで赤いだろうからわかっているに違いない。

「鑑定の結果が出れば、君の不安はすべて解決するだろうが……その前に言っておくよ。わたしは君を手放す気はない」

「そ……それって……」

「まったく伝わっていなかったらしいな。なぜわたしが、あれほど時間を割いて君を連れ歩いたと思っているんだ？」

「や、役目……みたいな……」

「完全に逸脱した行為だったと思うぞ。わたしの役目は、君を見つけて連れてくることだ。その先は吉野の役目だろう」

言われてみればまったくその通りだ。最初の一週間が本当の距離感だったのだろう。いつの間にか裕理のなかでは、加堂が毎日ように部屋に来てくれて、裕理の将来について考えてくれて、いろいろな経験をさせてくれるのが当たり前になっていた。

「意外と健気《けなげ》で妙に純粋なところが、好ましいと思った程度だったんだがな」

「意外だけ余計だよ」

ムッとして言い返すと、くすくすと笑う声が聞こえた。加堂にしては珍しい笑い方だった。

「あの調査結果と態度からしたら、意外だろう？　気がついたら嵌《は》まっていたな。落ち着いてからゆっくり口説こうと思っていたんだが……」

「え？」

顎《あご》をすくい上げられ、まだ少し赤いだろう顔を見られた。

「いますぐ手に入れることにした」

目を見開いたままの裕理にかまうことなく、加堂は何度も角度を変えて唇を触れあわせたあと、深く結びあわせていく。

舌を吸われ、ぞくんと背筋が震えた。

驚愕に見開いていた目は、気がつくと閉じてしまっていた。

「ん……っ、ん……」

鼻にかかった息さえ甘く響くのは、きっと気のせいじゃない。とろりとした蜜《みつ》のようなものが全身に絡みついてくるようだった。

こんなキスは知らない。キスがこんなに気持ちいいなんて初めて知った。

どのくらい酔わされていたのか、加堂が離れていったときには、もう全身から力が抜けてしまって、くったりと彼にもたれかかるしかなくなっていた。

そのままベッドに横たえられ、同時にシャツとタンクトップを脱がされてしまう。

裕理は返事をしていないのに、加堂はおかまいなしだ。まるで答えなんてわかっている、とでも言わんばかりに。

この先になにが待っているかなんて、いやでもわかった。経験はなくとも襲われたことはあったし、知識だけは不用なほど持っている。

抵抗しようとは思わなかった。加堂のものになりたいという気持ちが、そして加堂を自分のものにしたいという思いがあったからだ。

加堂はもう一度深いキスをしながら自らのネクタイを外した。しゅるりという衣擦《きぬず》れの音がやけに大きく聞こえた。

音を拾っていられるくらいには、まだ余裕があったのだ。

名残惜《なごりお》しそうに離れていった唇が首筋に落ち、舌先がざらりと素肌を舐《な》め上げていく。強く吸ったりしないのは、痕《あと》を付けないためだった。

加堂ほどの男にそんなことさせてはだめだと思うのに、彼はむしろ嬉々として裕理の肌を舐め、唇で吸い上げ、場所によって軽く歯を立てた。

「あ……汗、かいたっ……のに……」

「それが?」

「汚いよ……っ」

「そんなことはない」

さらりとしている、と嘯《うそぶ》いて、加堂は裕理の訴えに聞く耳を持たなかった。

確かにベタベタしているわけではなかった。体質なのか、汗は引いてしまえば不快感を残すこともない。だがそれとこれとは別だと思うのだ。

なけなしの抵抗は、言葉でも身体でも無視された。加堂のキスは鎖骨《さこつ》から胸元まで下りていき、服で隠れる場所に来ると遠慮がなくなった。

愛撫《あいぶ》は執拗《しつよう》になり、強く吸ったり歯を立てたりして、容赦なく痕を残していく。

「っぁ……」

胸を舐められて、意識しないのに勝手に小さく声が漏れた。

そんなところは触られたってどうもしないと思っていた。実際何度か服越しに触られたことがあった。街で男に声をかけたときや店に連れていったとき、戯《たわむ》れに揉まれながら口説かれたり卑猥《ひわい》なことを言われたりしたのだ。だがなにも感じなかった。男なんだからと、そう思っていた。

なのにいま、裕理は確かに感じていた。舐められたらぞくぞくしたし、口に含まれて転がされて、強く吸われたら、身体がびくびく反応してしまった。

「う、そっ……や、んぅ……っ」

自分の身体に起こっていることに戸惑いながらも、与えられる刺激に逆らえない。軽く歯を立てられ、裕理はあからさまによがり声を上げた。

「思ったより感度がよさそうだな」

「そ……なの……?」

「そうだろう」

「んっ」

腹から腰骨のあたりまで撫でられて、くすぐったさとはまた違う感覚に身体が震える。ボトムはボタンが外され、ファスナーまで下ろされている状態だった。

「身体まで素直にできてるらしい」

「そ、それって……悪いこと？　いいこと？」

一般的な見解などどうでもよかった。裕理にとって大事なのは加堂がどう思っているか、しかない。

おずおずと尋ねると、加堂はふっと笑った。

「いいことに決まっているだろう」

「……なら、よかった」

慣れていない裕理が面倒くさくなってしまわないか、あるいは失望されてしまわないか、自分がこれからされることより、そっちのほうが心配で仕方なかったのだ。

ほっとして頰《ほお》を緩ませると、加堂は虚をつかれた顔をした。

レアだ、と感動していたら、さらりと髪を撫でられた。

「可愛いが……自分が犯罪者になった気分になってくるな」

「は？」

「まぁ、これでも成人してるわけだしな……」

なにやら独《ひと》り言《ご》ちて納得すると、置いてきぼりを食らっていた裕理にかまうことなく、加堂は乳首を舌先で転がし、もう一方を指の腹で擦り合わせた。

「やっ、いや……ぁ……」

どうして、と思うほど気持ちがいい。最初はむずがゆいくらいだったのに、あっと言う間にそれは身を捩《よじ》りたくなるほどの快感になってしまった。

いつの間にか身に着けていたものをすべて奪われ、身体中のありとあらゆるところにキスされた。それでも腕や膝下には痕を付けないのだから徹底している。痕を残すのが服で隠れる場所のみというのは、加堂の余裕の表れだろう。

気持ちがよくて、力が入らない。さっきからずっと、甘ったるい声を上げながら、弱々しく身体をくねらせ、腰を跳ね上げるしかできないのだ。

ときおり目を開けると、逞《たくま》しい上半身が見えてしまい、恥ずかしくなって目を逸らしてしまう。もっと恥ずかしいことをされている最中なのに、どうしても加堂の裸体を直視することはできなかった。

「悪い大人の気分だ」

「え……？」

「こういうのも悪くないな」

さっきからひどく楽しそうだ、と感じるのはおそらく間違いではない。加堂は裕理の反応を楽しんでいるらしい。

その余裕が悔しい。けれども裕理にできることなど、たかが知れている。どういうことをするかは知っていても、どうやるのかはわからないからだ。

「……どうすれば、いいのか……教えてよ」

「素直に感じていればいい。とりあえず、最初のうちはな」

「フェラとかしなくていいの？」

「したいのか？」

「えー……うーん……」

裕理は口ごもる。加堂が喜んでくれるならしてみようかな、とは思っているのだが、やり方がわからないし、現物を見て引いてしまったら相手が不快な思いをするのでは、という懸念があった。

目が泳いでいたせいか、加堂はそれを見てくっと笑った。

「とりあえず今日はされていればいい」

そう言い終わるか終わらないかのうちに、脚を開かされ、すでに高ぶりを示していたものを口に含まれた。

ひっ、と喉《のど》の奥が鳴った。

そのまま扱《しご》かれ、舌を絡められて、裕理は濡《ぬ》れた声を上げてよがった。強烈な快感は、自《じ》慰《い》で得たものとは比べものにならなかった。

根もとから先端に向けて舐め上げられると、もうたまらなかった。

「あんっ、あ……ぁ、ん……」

溶けそう、と何度も思う。焦《じ》らすようにゆっくり舐められるのも、先端のくぼみを舌先で突かれたり吸われたりするのも、どうしようもなく気持ちいい。

耐性のない裕理が追いつめられるのは早かった。

なのにいきそうになると、加堂は見計らったように——実際そうだろうが——愛撫を止めてしまう。

そうして腿《もも》の内側を吸ったり撫でたりして、完全にクールダウンはさせずにおいて、また追い上げていくのだ。

なかなかいかせてもらえなくて、裕理は半分本気で泣いた。

自分で触ろうとした裕理の手をじゃまし、加堂は濡らした指で固く閉ざされた最奥《さいおう》に触れてきた。

とっさに身を固くしたが、宥《なだ》めるようにして何度も撫でられ、同時に敏感な部分を舌先で突かれる。力が抜けた瞬間に指は強引に押し入ってきた。

「い、ゃ……っ……」

わかっていたのに、いざ異物を入れられると、悲鳴じみた声しか出てこなかった。覚悟なんて、あっさりねじ伏せられた。

濡れた目で懇願するように加堂を見つめても、容赦なく指は蠢《うごめ》く。

「すぐに馴染む」

「そんな……ん、ぁっ……」

緩やかに前後に動かされ、あるいはぐるりとまわすようにかきまわされる。じわっと変な感覚が腰から這い上がってきて、裕理はきつく眉根を寄せた。

そんな馬鹿な、と思う。なんでそんな場所から、あやしい感覚が生まれるんだろうと。

涙をいっぱいに溜めているのに、加堂はいつまでもそうやって指で裕理の後ろを犯し、舌や唇で前を愛撫した。

泣き声に近かったものが、甘い喘《あえ》ぎに変わるまでそれは続けられた。

長く節《ふし》くれ立った男らしい指は、裕理のなかでぐちゅぐちゅと音を立てながら動きまわっている。

最初は異物感しかなかったのに、さっきから感覚は別のものに変わりつつあった。むずがゆいような、疼《うず》くような、ひどくもどかしい感じだった。

「も……や……」

半泣きで訴えても、薄く笑って無視される。無視するだけでなく、明確な目的を持って上向きに指を曲げてある一点を撫でるように突いた。

「ひゃうっ……！」

びくんっと大げさなほど身体が跳ねた。ひんひん泣いているのを楽しむように、加堂は増やした指で裕理のなかをかきまわし、ときおり思い出したようにひどく弱いところを責めた。

優しいのに、意地悪。乱暴な行為なんて微塵《みじん》もないのに、ひどい。愛撫が始まってから何度そう思ったか知れなかった。

さんざん泣かされて、ようやく指がすべて身体のなかから出ていった。

無防備に投げ出された脚を抱え上げ、身体を深く折った状態にさせられた。膝が胸につくけれども、それ自体は苦しくはなかった。

高まった加堂のものが、さっきまでいじられていた場所に押し当てられる。

「怖いか」

とっさに裕理はかぶりを振っていた。ここで頷いたら加堂がやめてしまいそうな気がしたからだ。

怖いけれども、最後までしたいと、いつの間にか裕理はそう思っていた。抱かれたいというよりも、加堂を感じたかった。できるだけ深いところで、これ以上ないというくらいに強く感じたい。

初めてだと知っているから、加堂は十分すぎるほどの時間をかけて裕理を酔わせ、身も心もとろとろにしてくれたのだ。おかげで自分の身体に、感じる場所というのがたくさんあることを知ったし、もっと欲しいと望むようになっていた。

「大丈夫だよ。来て……」

「ああ」

「っ……」

小さく喉が鳴ったが、声にはならなかった。だがゆっくりと腰を押し進められると、耐えきれずに悲鳴じみた声が漏れた。

「あっ、あ……あぁ……！」

痛いというより未知の感覚が怖かった。何本も指を入れられていたからといって、それとはまったく違うのだ。

「息を吐いて……そうだ。いい子だな」

宥めるように髪を撫でたり、囁《ささや》いたりして、加堂は額にキスをした。やはりあれは現実だったんだと確信する。よりによってこんなときに。

相変わらず加堂は性急さの欠片《かけら》もなく、じりじりと身体を繋いでくる。おかげでさしたる苦痛もなく、最後まで受け入れることができた。

裕理が落ち着くまで待って、加堂は動き始めた。

ゆっくりと穿《うが》ち、なかをかきまわし、感じるところをやわやわと責めていく。初めての身体にはちょうどいいと思えるようなペースと、刺激をくれた。

甘いだけの声が響くようになったのも比較的すぐだった。ほかの部分を愛撫されながら揺さぶられ、次第に感覚が快感だけになっていくのがわかった。

「あぁ……っん、あ……ん……」

少しずつ追い上げられ、なにも考えられなくなっていく。そのまま最後まで導かれて、裕理は嬌声《きょうせい》を放っていった。

用意がないと言ってそのまま身体を繋いだから、深い部分で加堂の精を感じた。それすらも嬉しいと思えるのは重症かもしれない。

ぼんやりとそんなことを思った。

抱きしめられ、耳もとに加堂の唇が触れる。くすぐったくて身を捩ろうとしたら、さらにきつく抱きしめられた。

「愛している」

低い声で囁かれて、ぶわっと全身が粟立《あわだ》った。

「あ……あの……」

「うん？」

「俺、さ……嬉しくて鳥肌立ったの、初めてだ……」

街で声をかけてきた男に感じた嫌悪感ではなく、もちろん寒いわけでもなく、ただ嬉しくて幸せで、まるで快感が走り抜けるみたいだった。

裕理はそっと加堂の頬に手を伸ばした。

「俺も、好き……加堂さんが好きだ」

愛してるなんて恥ずかしくて言えない。第一自分には似合わない気がする。けれども好きという言葉なら、いくらでも伝えられる。

目を細め、加堂は裕理の唇を塞いだ。

甘い甘い、恋人のキスだった。裕理を溶かす魔法みたいな。

だが加堂が大人の余裕だけを見せてくれたのはそこまでだった。

「えっ、あ……待っ……ひぁ……っ」

ふたたび動き始めた加堂によって、裕理は快楽の渦《うず》のなかへ引き戻された。

さっきまでとは打って変わった容赦がない突き上げに、戸惑いながら喘ぎ、身悶《みもだ》えるしかなくなる。けっして乱暴ではないのだが、とにかく加堂は激しかった。

「あぁっ……やっ、あ……」

悲鳴なんだか喘ぎ声なんだか、裕理にだってもうわからない。

それは泣きじゃくりながら懇願してもなお続けられ、結局裕理は意識を飛ばして逃げるはめになったのだった。

夏風邪をひいた、ということにして、あの翌日は橋本家に戻ってからずっとベッドで伏せっていた。

医者を呼ばれそうになったのは焦ったが、そのあたりは加堂が上手く立ちまわり、食事内容が胃に優しいものになるくらいですんだ。吉野がいつもより優しくて、不覚にもほろりとしてしまった。

隆は見舞いの言葉をくれた上、メロンや桃といったフルーツを手配してくれた。智紀も部屋に来たがっていたというが、うつるといけないからといって止められ、やはり見舞いの言葉を吉野に言付けた。

ちなみに須田は離れ自体に立ち入り禁止となって、加堂だけでなく吉野たちも目を光らせて裕理への接触を阻止している。もう用事はないはずだが、彼の場合は嫌みを言うために裕理のところへ来そうなので油断はできないと加堂は言った。

「結果次第では、また君に媚《こび》を売ってくるかもしれないしな」

「うーん……それより、あの子が気の毒なんだけど」

以前の裕理と同じように、いやそれ以上に付きまとわれているらしいのだ。疑いようもないほど英司に似ているので、須田も躊躇がないのだろう。あのきれいな顔が困惑の色を浮かべているのを遠目に何度か見かけたものだった。

裕理の具合はすっかりよくなったが、まだ智紀と話す機会は訪れていなかった。どうせ問もなく鑑定結果が出るからと、加堂は鷹揚にかまえているのだ。

「そういえばまだ言っていなかったが……君が飛び出していったことを知らせてくれたのは彼だったんだよ」

「え、智紀……くん？」

「ああ」

裕理の様子にただならぬものを感じて心配になり、すぐ吉野に言って、一緒に加堂のところへ押しかけてきたそうだ。

「お礼……言わなきゃ」

「結果は同じだったたと思うがな」

あの場で加堂に発見されるか、バーに押しかけられて連れ出されるかの違いだったかもしれない。だが自分のために動いてくれたことに、やはり礼は言っておきたかった。

つい昨日届いた最新の報告によると、結局理絵子と上司が付きあっていたことは事実だが、時期は証言と違うと判明したらしい。ただの知りあいの時期をへて、上司と部下の関係になり、意識するようになったのは再婚話の数ヵ月前だったようだ。別の証言者を見つけて話を聞いたところによると、上司のほうから妻との離婚を前提に交際を申し入れ、理絵子は離婚後ならばと返事をしたようだ。

それを聞いたときはほっとした。母親が二股をかけるような人でなかったことに、そして不倫関係を望まなかったことに。

ふと智紀の出生が脳裏に浮かび、安堵の気持ちは自分のなかにしまっておくことにしたのだが。

「時間だ。行くか」

「あ……うん」

裕理は大きく頷いた。昨日の報告書のおかげで、裕理は自信を持って隆の話を聞くことができる。

DNA鑑定の結果はさっき届いたそうだ。これからまたあの居間に集まり、隆の口から結果を聞くことになっている。結果は封書で送られてきて、まだ隆しか目を通していないらしい。今回は加堂ですら教えられていないのだ。

不思議と不安はなかった。

加堂と連れだって居間へ行くと、すでに全員が揃っていた。もちろん指定された時間より早いから、咎められることもない。

須田はこちらを見ようともしなかった。無視しているというよりは、目をあわせることを避けているといった印象だった。

裕理たちが着席したのがわかると、隆はぐるりと全員に目をやり、裕理と智紀を順番にゆっくりと見つめた。その表情は普段となんら変わらないように見えた。

そうして、ふっと……本当にわずかだが、笑みを浮かべた。

「結果は、父由来と考えられるＤＮＡ型が一致したそうだ」

「あ……」

思わず智紀と顔をあわせていた。互いに言葉は出てこなかったけれども、その表情だけでもういいと思った。

戸惑いと喜びと安堵と、くすぐったいような情と思慕。それはひどく心地よかった。どこからか「そんな……」という呟きが聞こえてきたが、どうでもよかった。

「孫が一度に二人もできて、嬉しいよ」

隆の声はいつもより少しだけ柔らかいような気がした。本当にわずかな違いだったけれども、橋本隆という人はこうなのだと裕理は加堂から聞いている。

ここ何日かでいくつもの事実を教えられた。そのなかの一つが、橋本隆という人がいかに誤解されやすいか、という話だった。隆は溺愛していた英司にさえ、態度自体はこんなものだったようだ。それを聞いたときは心底意外だと思ったものだ。

けっして裕理を警戒しているから、認めていないから、ではなかったのだ。現に智紀に対しても同じだったと聞いた。

それを聞いて、なんだ……と力が抜けたのはつい昨日のことだった。

裕理は隆からふたたび智紀を見て、にっこり笑った。

「弟できて、嬉しい。兄貴には全然見えねぇと思うけど……あの、俺は別にどっちでもいいんだけどどっ……」

この際自分が兄でも弟でもかまわない。絶対に智紀のほうが見た目も中身も大人っぽいのだから。

しどろもどろにそんなことを言うと、少し驚いたような顔をしていた智紀が泣きそうな顔で微笑んだ。

「そんなことないよ。僕、そんなに大人じゃないし……お兄さんできて、嬉しいよ」

きれいだな、と素直に思った。彼は彼で、裕理にはわからない憂いがあって、それでもこうして微笑んで兄と言ってくれた。

今後のことを隆は加堂が話し始めていたが、裕理も智紀もいまはあふれ出る感情で手一杯で、彼らを眺めているくらいしかできない。

隆たちを向けていた視線をふと智紀に移したら、その隣にいる須田と目があった。途端に彼は気まずそうに目を逸らした。さっきまでふんぞり返っていたのに、いまは小さくなって存在を主張しないようにしているらしい。

裕理は黙ってまた隆たちを見つめた。須田に対して特に思うことはなかった。もう二度と絡んでこなければそれでいい。

「部屋は、そのままでいいか？」

急に話を振られ、まったく聞いてなかった裕理はかなり戸惑ったが、もう一度言われてとっさに何度も頷いた。

隆と智紀は気にしているようだが、あの部屋自体はゲスト用としていい部屋だし、なにより加堂の部屋に一番近いのだ。書斎の反対側は亡き英司の部屋で、もうずっと使っていないという。さすがに使うのはためらわれるし、離れは離れで気が楽なのだ。

「わかった」

話を進めていく加堂の横顔を、裕理はそっと見つめる。

祖父がいて弟がいて、そして恋人がいるこの家で、裕理はこれから暮らしていく。将来的にはまた外へ出て暮らすこともあるだろうが、それでも彼らが大事な人たちであることに変わりない。

一人でなくなったことがこんなにも嬉しい。

手放す気はないと言ってくれた人を、裕理もけっして放さないと誓う。いまは手を引かれなければすぐ置いていかれてしまうだろうが、いつかはそれがなくても一緒に歩けるようになりたい。

微笑ましげな智紀の視線にも気付かず、裕理はそんなことを考えながら加堂の横顔を見つめていた。

true colors

異母兄弟だと判明して以来、裕理《ゆうり》と智紀《ともき》が二人だけで話す機会は増えた。

戸惑いと照れくささと、くすぐったいような嬉しさは、おそらく裕理だけが感じているものではないと思う。まだ少しだけぎこちないが、一緒にいるのは心地よく、ひまさえあればどちらかの部屋に行って話している。食事も母屋《おもや》の食堂で一緒に食べることが多くなった。智紀も以前は部屋で一人の食事を続けていたらしい。

「広い食堂で一人で食べても虚しいし、見られてる感じがして、なんかね」

「わかる！　俺もそうだったし。っていうか、いまもやだし」

「もっと早く一緒に食べたかったよね」

智紀に責任はないのに、彼はとても申し訳なさそうな顔をした。裕理はなにも言っていないが、後から来た自分が母屋住まいであることをかなり気にしていたらしい。吉野《よしの》たちの様子にも思うところはあったようだ。英司《えいじ》の子と認められたいまでも、その名残《なごり》はあった。後ろめたさがあるのか、彼らは裕理に過剰なほど気を遣う。

普通にしてくれればいいのに、と思う。けれどもそれを言ってしまったら、彼らはさらに恐縮するだろうから黙っているのだ。加堂《かどう》もそうしたほうがいいと言っていた。

とりあえず兄弟が仲よくしていることを、隆《たかし》も吉野たちも喜ばしいと感じているようだ。さっきも裕理たちがいるこの部屋に、にこにこ笑いながらお茶と菓子を持ってきてくれた。

アイスティーが入っていたグラスのなかで、氷が溶けてからんと小さな音を立てた。

「ここのご飯、せっかく美味《おい》しいんだし」

「ま一ね。でもラーメン食べたいな一とも思うんだよな。あと牛丼とか」

「どっちも言えば作ってくれると思うけど」

「ものすごく上品なラーメンが出てくるよ。牛丼はなんとか牛ってやつ使うよ」

「ありそう……」

だが裕理が食べたいのは、三百円足らずで売られているチェーン店のものだ。同じようにスナック菓子やカップ麵《めん》といったものも無性に食べたくなる。その気持ちは智紀にもわかるらしかった。

「たまに食べると美味しいよね。僕はたこ焼きかハンバーガーが食べたいなぁ」

「あー、いいよな。今度二人で食べに行こうよ」

「裕理くんが一番食べたいのと、僕が一番食べたいものをハシゴするっていうのは？」

「うんうん」

他愛もない話で盛り上がるのは何年ぶりだろうか。母親の病気が発覚してからはとてもそんな気持ちになれなかったし、以前の生活を捨ててからは友達もいなかった。智紀は弟というよりは友達の感覚が強く、二歳の年齢差など意識したこともない。むしろ年上なんじゃないかと思うくらいだった。向こうがどう思っているかを聞いたことはないが、智紀は裕理のことを「くん」付けで呼ぶし、裕理は呼び捨てにしている。

「そういえばさ、智紀はマナーとか覚えさせられた？」

「え？」

「洋食のマナーとか、そういうの。あ、もともとバッチリ？」

「全然そんなことないけど、やれって言われなかったよ。というか、そもそも知ってるかどうかも聞かれなかった」

智紀は戸惑い気味だった。どうして自分は……と、不安そうな表情になっている。

「やっぱ俺だけかよー。なんかさ、このままじゃ人前に出せねーみたいなこと、言われた気がする。智紀は大丈夫って思われたんじゃね？」

「まさか。僕だってテーブルマナーなんて知らないよ。箸《はし》の上げ下ろしくらいは躾《しつ》けられたけど、フルコースなんてわからないし」

「マジで？　やっぱあれか、俺が行儀悪すぎたのかな。教養がどうとか言ってた気がするし、敬語も覚えろって言われたし」

智紀はきちんと敬語を使えるのだ。彼がフランクに話すのは、この家では裕理に対してだけだった。

首を捻《ひね》っていると、智紀はためらいがちに口を開いた。

「裕理くんを連れ出す口実だったんじゃないかな」

「えー」

「ずっと家に閉じこもってたのを見て、外へ連れていこうって思ってくれたんじゃ？　だって僕たちは表に出なくていいって言われたわけだし」

「ああ、うん。それは助かったよな」

二人は橋本《はしもと》家の養子になることが決まったが、隆の意向で最低限の行事にだけ顔を出せばいいことになった。しかもその行事自体が極端に少ないらしい。これは二人にとって非常にありがたいことだった。

「けど、それ言われたのって最近じゃん。加堂さんは……うん、やっぱ智紀の言う通りかも。最初俺に当たりきつかったこと、気にしてたのかもな」

「え、きつかったの？」

「うん。超きつかった！」

裕理はケラケラと笑いながら声を張った。具体的に言うつもりはなかった。言ったら智紀は反応に困るだろうと思ったからだ。

「想像がつかない。加堂さんって言ったら、裕理くんに甘いとこしか見たことないし」

「え、甘い？」

「うん。甘いし、仲いいなって思う。僕に対しては丁寧に接してくれるけど、線引いてるよね。裕理くんだと遠慮がない感じがする」

「あ……ああ、うん……遠慮はないよな」

ドキドキしながら頷《うなず》いて、氷が溶けて出来た水をストローで吸い上げる。ほんの少しだけ紅茶の風味がした。

智紀は裕理たちの関係にまったく気付いていない。それは当然だろう。いくら裕理と加堂が「仲がいい」からといって、恋愛関係に結びつける者は多くないはずだ。須田《すだ》あたりは疑っているだろうが、彼はいまとてもおとなしいので下手なことは言わないし、しないだろう。人前では互いに触れないように気をつけているし、視線や言葉が恋人っぽくならないように気をつけている。そしてセックスもこの家ではしないようにしているのだ。いつ使用人たちが部屋の前を通りがかるか予測はできないし、シーツなどを汚した場合の始末が難しいからだった。かといって外泊の理由もないし、作るのも一苦労なので、最初のときを除くと二回しかしていないのだった。

黙り込んだ裕理をどう思ったのか、智紀は苦笑をこぼした。

「裕理くんがちょっと羨《うらや》ましい」

「え……」

不意に心臓が跳ね上がり、次いで言いようのない不安が襲ってきた。

いまのはどういう意味だったのだろう。苦いものが混じった笑みが、どこかせつなげに見えるのは裕理の気のせいだろうか。

「なん、で……?」

かろうじて絞《しぼ》り出した声には動揺が滲《にじ》んでいたが、幸いにして智紀は気付かなかったようだった。カラカラとストローをまわしていて視線が外れていたのと、なにかを思い出すように遠い目をしていたからだろう。

「信頼しあってるな、って感じがする。僕のとこはほら……ね？」

ここでようやく裕理は自らの誤解に気付き、なにも言えなくなった。羨ましそうな表情と言葉は、加堂へ向けられたものではなく、裕理と加堂の関係に向けられていたのだ。

裕理にとっての加堂は、智紀にとっての須田に当たる。まったく同じではないが、見つけ出して連れてきたという点では同じだ。けれどもその関係はまったく違うし、智紀は須田が好きではないと裕理に打ち明けていた。初対面のときから苦手意識はあったそうだが、裕理への態度を見て無理だと思ったらしい。

「僕には親切だけど、本当の好意って感じじゃないしね」

「あ、ああ……須田……」

最近の裕理は、智紀や加堂の前でのみ須田を呼び捨てにしている。とても敬称を付ける気にはならないからだ。

智紀は頷いて、小さく溜《た》め息《いき》をついた。

そして裕理もひそかに安堵《あんど》の息を吐いていた。

智紀が加堂に対して好意を――この場合は裕理と同じ種類の感情を抱いてしまったとした

ら、裕理の心は千々《ちぢ》に乱れていただろう。智紀はとてもきれいで、きっと多くの人にとって魅力的に映るはずだし、物腰や言葉遣いにも品がある。しかも彼は英司によく似ているのだ。それは英司に対して比較的好意的だった加堂にもプラスに働くのではないだろうか。

（しかも性格だって可愛《かわい》いし……）

少なくとも自分よりずっと人に好かれる要素を持っているはずだと、裕理は信じて疑わなかった。

「裕理くん？」

黙り込んでいるのを訝《いぶか》り、智紀は顔を覗《のぞ》き込むようにして首を傾げた。そんなしぐさすら小動物っぽくて可愛いと思う。加堂に言わせると、小動物は裕理のほうで、智紀はもう少し大きな草食動物のイメージだそうだが。

「あ……うん、ごめん。ちょっと……考えてた。えっと……あれだ、須田に迷惑してるなら祖父《じい》さんに言ったらいいんじゃねーかな。吉野さんでもいいし。そしたら手は打ってくれると思う」

とっさにごまかしたにしては上出来だったし、智紀もすんなり納得していた。彼自身、同じような結論に達していたのかもしれない。

「前よりは来る回数も減ったんだけど……それでもよく来てるから」

「どっか行こうって言われねーの？」

「言われる。行く気はないけどね」

智紀はおとなしいが、少なくとも須田に押し切られるタイプではないだろう。訪問には辟易《へきえき》しているようだが、いざとなればきっぱりと拒絶出来るはずだ。

「あれ……そういえば、智紀って、ひょっとしてここ来てから、どこにも出かけてない？　あ、DNA鑑定のときは抜かしてだけど」

「図書館に行ったくらい」

「あ、そうか。友達と遊びに行ったりしねーの？　せっかくの夏休みじゃん。暑すぎて出かける気にならねぇ？」

「そういうわけじゃないんだけど……その、実はこっちではまだ仲のいい友達がいないんだ」

人見知りなのだと智紀は呟《つぶや》く。自分から話しかけたり誘ったりするのが苦手だから、一人の時間を持てあまして本を開くことが多くなっているという。そうするとますます話しかけづらい雰囲気になるようだ、というのが智紀の見解だ。

近いものはあるだろうと思った。彼が一人静かに本を読んでいたら、かなり近付きがたく感じるはずだ。作りものめいた硬質な美貌はだてじゃない。

「じゃあ俺がこっち来て初めての友達だったりする？」

「え、兄弟じゃなくて友達？」

「感覚的には兄弟ってより友達じゃん。っていうか、俺ずっと一人っ子だったから、兄弟ってのがよくわかんねーの」

「そっか」

言ってからしまった、と後悔した。

家族——特に兄弟の話をするとき、智紀はひどく悲しそうな、そして寂しそうな顔をする。だから裕理は彼の家族のことを聞けないままだ。触れてはいけないような気がするからだ。

いつか智紀から話してくれるまでは待つつもりでいた。

「とにかくさ、とりあえず俺と予定立てよう?」

「ネットで調べる?」

「うん」

二人してパソコンの前に移動して、ここがいいあそこがいいと話しているうちに、とっぷりと日が暮れていた。

夕食だと吉野が呼びに来るまで、二人は外出のことで盛り上がった。

食堂で二人向かいあって食事をして、それぞれの部屋に戻って寛《くつろ》いでいたら、十時を過ぎた頃になって加堂がやってきた。

「話があるんだが、いいか?」

「うん。あ、おかえり。最近遅いな」

「この時期はな」

加堂は椅子《いす》の向きを変えて座り、長い脚をゆったりと組んだ。すでにスーツは脱いでいるが、私服姿もきちんとして見えるのが加堂という男だ。麻混のシャツが涼しげで、スーツを着ているときよりも少し若く——というより年齢相応に見えた。

「智紀くんと出かけるそうだな」

「うん。だってあいつ、ここ来てからほとんど外出てないんだってさ。で、チープなメシを食うツアーすんの」

「……仲がいいな」

呆《あき》れたような、あるいは感心したような呟きだ。加堂としても、裕理たちが短時間でこれだけ距離を縮めるとは思っていなかったらしい。

「あ、そうだ。智紀、須田に迷惑してるみたいだよ。なんとかならねーの？」

「完全に遠ざけるのは難しいだろうな。なにしろ、彼を見つけ出したのは須田だし、決定的なことをしでかしたわけでもない」

厳密に言えば須田が使った調査事務所が見つけたのだが、依頼をしたのは須田だ。隆が無下にできないのも仕方ないことだった。裕理に対する暴言も、須田が自ら謝罪と和解を申し出たことで一応解決したことになってしまったのだ。

「じゃあ様子見か……」

「で、そろそろ本題に入ってもいいか？」

「あ、そうか。うん、なに？」

深刻そうな雰囲気ではないので気軽に尋ねた。加堂の様子は、食事や買いものの予定を立てるときとそう大差なかったからだ。

だから彼が続けて言ったことに、裕理は固まることになった。

「近いうちに、植戸市に行こうと思うんだが」

「え……」

数年前まで暮らしていた場所は、逃げるようにして後にして以来、一度も戻ったことがなかった。いい思い出も多かったけれど、戻るのは気が引ける。そんな場所だ。

「住民票もそのままだし、母親の墓だってあるだろう。このままではさすがにな」

「あー……」

目を逸《そ》らし続けていたことを、とうとう加堂によって突きつけられてしまった。特に墓に関しては気がかりではあったのだ。

つまり加堂としては、墓をこちらに――比較的ここから近い場所に移し、放り出してきたそのほかの問題も一気に清算してしまおう、ということだった。そのために弁護士も同行するという。

「弁護士は初日で帰ることになると思うが、わたしたちは少しゆっくりしていこう」

「なんで？」

「わたしの夏期休暇に付きあえ。君の地元ではないところにホテルを取って、観光の拠点にでもしようかと。こっちよりは涼しいらしいしな」

「確かに涼しいけど……え、ちょっと待って、それマジで？」

「冗談を言ってどうする。必要なことだろう」

「それは……そうなんだけど……」

困惑しながらも、これは決定事項なのだと理解していた。それに一人ではなく、加堂がいてくれるというならば、こんなに心強いことはないだろう。中途半端なまま放り出してきたことを、すべて片付けるのだ。

「わかった」

「用事は初日ですべて片付ける。あとは旅行だと思えばいい」

「うん。えっと……何日？」

「四泊だ。行きたいところはあるか？　ホテルはどんなところでもいいのか？」

「どこでもいいよ。ホテルなんて泊まったことねーから、わかんないし。あ……修学旅行で泊まったけど、旅館なんだかホテルなんだかよくわかんないことだった」

いずれにしても加堂が言っているホテルとは明らかにタイプが違うはずだ。暗にそんな意味を込めて言うと、納得したような顔をされた。

「わかった。都合のよさそうなところで決めておく」

「よろしくー。超楽しみ」

学校行事以外での旅行なんて初めてで浮かれてしまう。母親との暮らしではそんな余裕もなかったし、母親にはすでに実家がなかったから帰省の経験もないのだ。それに初日だけとはいえ口実があるから、ずっと家にいるという智紀にも言いやすいのがありがたい。

とにかく緊張するのは初日だけだ。観光に興味はないけれども、加堂が見たいというならば多少の案内くらいはできるだろう。

出発前、裕理はそんなふうに考えていた。

弁護士を含めて三人で植戸市に出向き、まずは役所で手続きをした。確認したいこともいくつかあるとかで、言われるまま何枚も書類を書いた。三人で押しかけると仰々《ぎょうぎょう》しくなるし目立つからと、加堂は近くの店で待っていた。

古い喫茶店のくたびれた椅子は加堂に不釣り合いだったし、彼自身もかなり浮いていた。高身長や整った顔立ちだけでなく、立ち居振る舞いが洗練されていて雰囲気もスマートだからだ。

あらためて加堂という男のレベルの高さを実感した。隣に弁護士がいなかったら、近付くのも躊躇《ちゅうちょ》するところだった。

「終わったよー」

手を振りながら近付いていくと、隣を示されたのでおとなしく座った。向かいあう形で、弁護士が加堂にいくつかの説明をしたが、裕理はメニューを見るのに夢中でほとんど聞いていなかった。

「ええ。あっさりとしたものでした。改葬も問題ありません」

「そうか」

今日はクリームソーダにしようと決める。橋本家では出してくれないだろう人工的な緑色を堪能したくてたまらなかった。

注文を取りに来たウエイトレスにクリームソーダと告げると、続けて弁護士はコーヒーと言った。加堂もそうだったようだ。

二十代なかばらしいウエイトレスが、どこかぽーっとして加堂を見つめていたことに気付いて、裕理は少しテンションを下げた。自分の恋人が他人から見て魅力的だというのは嬉しいが、同じくらいモヤモヤとした不快感もあった。

（うっとりすんな……！）

口に出すのも睨《にら》み付けるのも我慢して、下を向いてウエイトレスが離れていくのを待った。

向かいに座る弁護士に不審を抱かれないように、単に疲れたのだというアピールをすることも忘れなかった。

　とはいえ弁護士は加堂に書類を見せつつ報告することに集中し、裕理にはあまり注意を向けていなかったが。

「これで会長も安心なさるでしょう」

「横槍《よこやり》は入りそうか？」

「仮に入ったとしても影響力はないと考えていいかと思います」

「あの人がいないのは大きいな」

「まったくです。それに今回は、裕理さんだけを反対するわけにいきませんので、黙っている可能性のほうが高いでしょう」

　裕理は黙って話を聞きながら、だいたいのことを把握した。横槍を入れそうなところと言えば須田家しか考えられない。隆の姉は数年前に亡くなっているが、存命中はなにかと橋本家のことに口を出してきたそうだ。加堂の養子縁組に異議を唱えて大暴れしたのも彼女だったらしい。

　ぼんやりと窓の外を眺めていると、目の前にクリームソーダが運ばれてきた。柄《え》の長いスプーンでアイスクリームを掬《すく》って食べていると、いつの間にか向かいの弁護士から微笑《ほほえ》ましげに見つめられていた。

　そろそろ還暦だという弁護士は、慈愛に満ちた目を裕理に向けてくるのだ。なんでも愛《まな》娘《むすめ》の若い頃に少し似ているらしい。娘というのが複雑なところだったが、母親似だという自覚はあるので、仕方ないかと諦《あきら》めることにしていた。

裕理がエメラルドグリーンのソーダを飲みきると、待っていたように加堂たちは店を出るそぶりを見せた。

駅からはそれほど遠くなかったので、徒歩で向かう。日差しは強いしそれなりに暑いが、空気が都会とは違っていて、やはり涼しいのだと実感する。

弁護士とは駅で別れた。これから彼はまっすぐ橋本家へ向かうようだ。

「えーと……こっちからどーすんの？」

まだ日は高い。町を散策するのもいいし、数はそう多くないが観光スポットもあるから、案内してもいいだろう。知りあいに会う可能性もあるが、加堂がいればそうそう声もかけてこないはずだ。

「希望は？」

「や、俺は別に。いまさら行きたいとこもねーし」

住んでいた場所はかなり町の外れだが、一番近い繁華街としてこのあたりにはよく来ていた。だからちょっとした案内はできるものの、自分はもうさほど興味がないのだ。

「だったら散策するか。ホテルには夕食までに戻ればいい」

「わかった。んじゃ適当に歩く」

徒歩圏内には城跡もあるし、著名な歴史小説家の資料館もある。隆や智紀に土産《みやげ》を買っておきたいので、そういった店を覗いてみるのもいいだろう。幸いにして日も陰り、暑さも和《やわ》らいできた。

連れだって歩いていると、やはり加堂が人目を集めていることがわかる。東京にいても彼は目立つ人だが、こっちに来ると拍車がかかるようだ。

「……加堂さんって、すごい目立つ」

「そうだな」

「さらっと認めた！」

「三十年以上生きて来て、そのくらい自覚出来なかったら馬鹿だろう。自分が他人からどう思われるくらいは把握している」

加堂曰《いわ》く、その上で自らの特性や他人からの認識を利用するくらいはするそうだ。顔立ちが冷たいくらいに整っているというならば、冷徹で切れ者のイメージを与えるための材料にするし、目立って仕方ないというならば、逆に強い印象を与えるために使う。社会的にはまだ若い彼が老獪《ろうかい》な人物たちを相手に渡り歩くためには、いろいろと考えるところがあるようだった。

「それって……取引先の人が女の人だった場合にも有効だったりする？」

「なんだ、嫉妬か？」

「ちげーし！」

反射的に否定したものの、その通りだろうと裕理は思った。

好きという気持ちは日増しに強くなっていくようで、昨日よりも今日のほうが加堂への気持ちが育っている気がする。きっと明日にはもっと大きくなっているはずだ。

だからなのか、恋人になった頃よりも、いまのほうがずっと加堂の周辺が気になるようになってしまった。智紀の口から加堂の名前が出るだけで動揺してしまうほどに。

恋をして、裕理の心はより揺れやすくなった。喜びや幸福感、そして甘さも与えてくれるが、痛みや苦しさも潜《ひそ》ませてくる。

それでもこの恋を放したくはないと思った。必死にしがみつこうと決めていた。

「ちょっと気になるだけだよ。加堂さん、モテるんだろうなって」

「自分で言うのもなんだが、優良物件だからな」

「……うん」

今度もあっさり肯定されてしまった。実際、見合いの話はひっきりなしに来るらしい。これも以前から耳にしていることだ。加堂本人が言わなくても、釣書《つりがき》の入った封書がたまに届けられるのを見ているし、隆との雑談のなかでも出てくるからだ。それらをすべて断っていることも知っていた。加堂曰く、一つ受け入れたらなし崩《くず》しになるという確信があるから、だそうだ。

「会うつもりはないから安心しろ」

裕理の不安を汲《く》み取ってか、加堂は急にそんなことを言い出した。視線は前を向いたままだが、彼の意識が裕理にのみ向けられているのは確かだろう。

「う……うん」

「わかっていると思うが、一応言っておくぞ。わたしは見合いをする気もなければ、結婚する気もない」

「けどさ、それって祖父さんは納得してんの？」

懸念の一つはそれだ。加堂がいかに隆を敬愛しているか知っているだけに、とても不安なのだ。

「わたしのプライベートにまで口を出してくる人ではないからな。たとえわたしたちの関係を知ったとしても黙っているはずだ」

「そうなんだ……」

「考えてもみろ。英司さんの奔放《ほんぽう》さを放置していた人だぞ」

「あー……そういえばそうだった。けど仕事のほうは？　独身だと不利とか、そんなことはねーの？」

「問題はないな」

きっぱりと加堂は言い切った。裏付けのない自信を持つような人ではわかっているから、裕理も小さくだがはっきりと頷いておいた。

「前にも言ったが、君を手放すつもりはない」

「……うん」

嬉しくて、にやけそうになるのをごまかすために下を向いた。言葉一つでこんなにも感情は左右される。たとえば道行く女性が加堂に釘付《くぎづ》けになっているのを見ても、さっきほど気にならなくなっていて、自分の現金さに笑いそうになってしまった。

気分としては手を繋《つな》ぎたいところだったが、そこまでは出来なかった。いくら旅の恥は掻《か》き捨てと言っても程度があるだろう。ましてここはかつて地元だった場所だ。

城跡へと向かう道は夏休み期間中ということもあって、人の流れがそれなりに多い。いつもは閑散としている城跡にも、そこそこ観光客がいた。

「あれ、小坂《こさか》？」

すれ違ったばかりの青年が、背後から声をかけてきた。思わず振り返った先には、見覚えのある人物が立っていた。

確か彼とは高校が同じだったはずだ。一度も同じクラスにはならなかったが同学年で、それなりに目立つ生徒だった。なにか運動部に所属していて、女の子たちが黄色い声を上げていたのを思い出した。彼の隣には同じ年くらいの女の子がいる。彼女らしき女の子と青年は、しっかりと手を繋いでいた。

「ほんとだ、小坂くんだ」

連れの彼女もどうやら同じ学校だったらしい。女子生徒は似たようなヘアスタイルにとても似通ったメイクをするので、正直昔から個別認識ができていなかったのだ。卒業して何年もたってしまえばなおさらだった。

彼女の意識はすでに加堂に奪われているようだし、裕理に認識されていようがいまいが関係ないだろうが。

「……久しぶり」

とりあえず男のほうに向かって返事をした。

「帰ってきたのか」

「いろいろな手続きがあったからさ。たぶんもう来ないと思うけど」

「そっか」

理由を問いもしないし、驚いた様子もない。おそらく裕理が逃げるようにしていなくなったことを知っているのだろう。ある日突然連絡が取れなくなり、所在もわからなくなった、となれば、噂《うわさ》くらいはまわってもおかしくなかった。

「いまどこにいんの？」

「東京」

「あー、それでか。なんか雰囲気が違うもんな。えーと、親戚の人？」

青年も加堂の存在が気になって仕方なかったらしく、加堂にぺこりと頭を下げつつ探るように言った。

「うーんと……保護者、みたいな？　手続きするから、一緒に来てもらったんだ」

「初めまして。裕理くんのお友達ですか？」

「あっ、はい！　隣のクラスだったんです！」

彼氏を押しのけるようにして彼女が答えた。

いろいろと突っ込みたいことはあったが、裕理はひとまず黙っておいた。二人がいなくなってから、まとめて言おうと思った。

「みんな心配してたんだよ？　急にいなくなっちゃうから、ひょっとしたら自殺とかしちゃったんじゃないかって」

「おい」

青年が焦って彼女を止めた。

実はそのあたりも調査報告書に記載されていた。同学年の生徒を中心に、裕理の噂は何パターンも流れていたようだ。曰く、彼女が言ったように母親の後追いをした、なにか事件に巻き込まれてしまった、などだ。

「この通り元気だから、もしまだ俺のこと覚えてるやつがいたら、そう言っといて。足もあるよ、ほら」

笑いながら言うと、青年はあからさまにほっとした顔をした。

そしてまだ話したそうな彼女を引っ張って、「またな」と言いつつ去っていった。まるで逃げるかのようだったので、もしやと思い加堂を見たら、無言で威圧感を放っていた。彼女はまったく気付かなかったようだが。

「はぁ……」

「にぎやかな友達だな」

「友達じゃねーし。男のほうは顔だけ知ってるけど、彼女のほうは顔もわかんねーよ」

「向こうは知っていたようだな」

「みたいだな」

そのあたりに驚きはなかった。なぜなら裕理は学校内で顔と名前をそこそこ知られていたからだ。目立つ役職に就いていたわけではなかったが、学園祭のときに人気投票のようなものがあり、毎年上位に入っていたせいだ。いや、入っている時点ですでに顔と名前を知られていたということなのだが。

「顔か」

「なんつーか、マスコット扱い？　ゆるキャラ的な」

人気はあったが、恋愛という意味でモテたことはなかった。おそらく男として意識されていなかったのだろう。かといって同性から言い寄られた経験もなかった。東京に出て、あの街で襲われるまで、裕理にとっては同性間の恋愛やセックスなんて現実のものではなかったのだ。

「なんかどっと疲れた……」

「ホテルに入るか」

「そうする」

予定よりは早いが、明日以降もあるのだから今日はもういいかと思った。ミンミンとうるさい蟬《せみ》の声から逃れるように城跡を離れ、この界隈で一番大きなホテルへ向かった。

ホテルに入って驚いたのは、いつの間にか加堂がチェックインをすませていたことだ。どうやら裕理が役所にいるあいだにしたらしい。フロントを通ることなくエレベーターに乗り込めたことに裕理はほっとした。

上層階の部屋は広く、いわゆるジュニアスイートと呼ばれるものらしい。たまたまだろうが、加堂のマンションと同じような造りだった。入り口付近に水まわりが集中していて、もう一枚のドアの奥にリビングとベッドルームがある。違うのはキッチンがないことと、ダイニングテーブルがないこと。そしてベッドとリビングのあいだを仕切るパーティションにテレビなどの備品が組み込まれていることだ。

「すげー、直接見えないようになってんだな」

一通り部屋を見た後、裕理はバスルームを覗いた。思っていたよりも広い。トイレと別になっているところもよかった。

二人分の荷物もちゃんと部屋に入っている。事前に送っておいたので、今回の旅はきわめて身軽なものだった。

「景色いいなー。あ、窓ちょっとだけ開くんだ」

換気のためにか、十センチ程度に開く造りだった。窓からは町が一望でき、さっきまでいた城跡もよく見える。こんな高さからこの町を見るのは初めてだった。自分が住んでいたあたり目をこらしてみたが、目立つ建物もなく、よくわからなかった。

「気がすんだか?」

「うん」

「おいで」

ソファにかけた加堂に呼ばれ、裕理はその隣に座った。

加堂はごく自然に腰を抱き、さらりと髪を撫《な》でてきた。

「ようやくゆっくりできるな」

「え? うん。でもそんなに慌ただしくはなかったじゃん。余裕だったよ? ちょっと疲れたのは、あいつらに会ったからだろうし」

いつもと同じ時間に起きて、この町に来たのは午後一時過ぎ。こちらに来てしたことと言えば、役所に言って手続きをしたことと、城跡を観光したことくらいだ。むしろゆったりとしていたと思う。

そんな裕理を見て、加堂はふっと余裕のある笑みを浮かべた。

「意味が違う」

「は？」

「今日の話じゃない。君と恋人同士になってから……という意味だ」

なにを示唆《しさ》しているのか、裕理は一瞬で理解してしまった。と同時に熱く感じるほど顔が赤くなった。

頬《ほお》に触れていた手が、すっと滑って首を撫でる。

小さく震えてしまったのは、くすぐったいからではなかった。

「と……泊まり、だもんな」

「心置きなく君を可愛がれる」

「あの、お手やわらかにお願いシマス……」

上目遣いにちらりと見ると、加堂は意味ありげに笑っていた。その表情にびくっとしてしまった。

いつだって彼は余裕があったし、理知的ですらあった。裕理はストイックなイメージさえ抱いていた。

なのにいまはまったく違う。捕食者の目というのはこういうことを言うのだろうか。

裕理は自分が獲物なのだと本能的に理解してしまった。自分はこの男に食い尽くされるのだ。それは恐怖にとてもよく似た喜びだった。

覚悟しつつも、まだどこか油断していた裕理は、ソファに押し倒されて我に返った。

「え……？」

「ずいぶんと我慢したからな。もう限界だ」

「ちょっ……や、だってまだ明るいじゃん……っ」

窓からは外しか見えないが、まだきれいな青空が広がっている。ようやく夕方と呼べる時間にさしかかったが、暗くなるにはまだ相当時間が必要だ。

「夜しかだめという決まりはないと思うが？」

「そうだけどっ……ん、ん……っ」

耳を噛《か》まれて舐《な》められて、勝手に鼻に抜けるような声が出た。すでに加堂の手は身体《からだ》中をまさぐっていて、ときおり感じるところを掠《かす》めていく。

声が出そうになって、思わず部屋の入り口のほうを見た。内側のドアが閉まっているのを見て安心した。これならきっと声も漏《も》れない。壁だってこのホテルならば厚いだろうし、大丈夫だろう。

「覚悟は決まったか？」

「別に……覚悟なんていらねーし……」

恋人なんだから、と返すと、なぜかくっと喉《のど》の奥で笑われた。意味を問おうとした唇は塞《ふさ》がれ、たちまち深いキスに翻弄される。

キスのあいだに半裸にされ、剥《む》き出しになった胸に吸い付かれる。

甘い声が漏れ出すのはすぐだった。乳首をしゃぶられて、指でもいじられて、触られてもいないところが反応するまで喘《あえ》がされて――。

気がついたら横抱きでベッドまで運ばれていた。

加堂のベッドほど広くはないが、二つぴったり並んでいるからとんでもなく大きく感じた。

「明るいうちから……ってのは、考えてなかったなぁ……」

「すぐに気にならなくなる」

「……かもね」

数えるほどしか経験はないが、そこは簡単に納得できた。快楽に弱いこの身体はあっという間に落ちてしまうのだ。

加堂は腕時計を外してサイドテーブルに置き、口元にふと笑みを刻む。

「チェックアウトまで、九十時間はあるな」

「うん……？」

「存分に愛し合おうか。最終日の朝までね」

耳を疑った。理解できないというよりも、理解を拒否してしまった。

予定は四泊五日だ。そのあいだ加堂はずっとセックスをしようとでも言うのだろうか。疑問と驚愕が顔に出たのを見て、また彼は笑った。

「行きたいところもないそうだし、ちょうどよかった。帰ったらまたお預けだからな。ここにいるあいだくらい、思う存分抱かせろ」

ぎらりと目が光ったような錯覚を起こし、くらりとめまいがした。欲望を滾《たぎ》らせる加堂はいつもとまた違う魅力があってドキドキしたが、悠長にときめいている場合ではないことを思い出した。

「む……無理っ……」

「大丈夫だ。壊しはしない」

なにを根拠に、と思ったが、大した反論は出ないままに意味のない声しか上げさせてもらえなくなった。

窓から見える青い空が目にまぶしかった。

帰りの列車のなか、裕理はぐったりとシートにもたれたまま外を眺めていた。

ホテルをチェックアウトしたのが、いまからほんの三十分ほど前。つまりホテルを出たその足で駅へ向かい、一番早い列車に乗ったわけだ。

加堂がグリーン車にしてくれたおかげで座り心地はいいが、それくらいで裕理のつらさが軽減されるわけではなかった。もちろん普通のシートより楽なのは確かだが。

「ケダモノめ……」

「褒《ほ》め言葉だな」

「どこがだよっ」

とっさに噛みついたはいいが、すぐに裕理は黙り込んだ。節々の痛みに響いたからだ。喉は痛くはないが、声が掠れている。

楽しげに裕理を見つめる男は宣言通り今朝方まで裕理をベッドから出さなかった。激しく抱いたのは最初の日だけだったが、翌日以降も起きているあいだは常に身体に触れ、裕理に緩やかな快感を与え続けていた。

触られていなかったのは食事のときだけだった。なにしろ風呂も一緒で、洗われているときもバスタブに身を沈めているときも、裕理は声を上げさせられていた。絶頂の後で意識を飛ばし、眠りから覚めてもまだ身体が繋がったままだったこともあった。達しない程度にずっと快感を与えられ、泣きじゃくっていた時間も相当あったように思う。

時間の感覚が曖昧《あいまい》なのだ。四泊以上にも感じられたのに、記憶している部分はあまり長くないような気もした。

おかげでいまも、どこかふわふわとして現実感が希薄だ。人に言えない部分も熱を持っていて疼《うず》くし、身体の芯《しん》に熾火《おきび》をされているように快楽が深く燻《くすぶ》っている。

まるで身体を作り替えられてしまったかのようだ。

「壊さないって言ったのに」

「壊れていないだろう。ここまで歩いてきたわけだしな」

そのあたりの加減も絶妙としか言いようがなく、なんとか歩ける程度には脚に力が入るのだ。油断をすると、膝《ひざ》からかくんと折れてしまうけれども。

「あちこち痛いんだけど」

「それは君の体力と筋力が足りないせいだ。君の可愛らしい孔《あな》は傷ついていないはずだ。今朝も確認した」

「孔とか言うなっ……可愛いもありえねーだろっ」

自分の顔が真っ赤になっているのがわかる。裕理がこんな反応をするから、加堂はわざとこういうことを言うのだ。そんなタイプではなかったはずなのにと訴えても、涼しい顔で笑うだけだった。

「可愛くなければ、舐めたりしない」

「っ……」

羞恥《しゅうち》でめまいがしてきて、裕理はふたたび沈むようにしてシートにもたれた。話しているあいだに興奮して身を起こしていたのだ。しれっとしている加堂を恨みがましい目で見るが、かえって楽しそうに目を細められてしまった。

（思い出しただけで死ねる……っ）

あんなところを舐めるなんて、実際されるまで裕理は考えてみたこともなかった。あの瞬間は我に返って泣いた。やめてと懇願もした。だが加堂は無視するどころか押さえつけ、さらに深くまで舌を入れてきた。

「本気で泣いたよ、あれ……」

「あんな仕事をしていたくせに、初《うぶ》だな」

「うるせーよっ」

泣きながらも感じてしまう自分が信じられなくて、さらに泣いてしまったのだ。さすがに後半は泣かなくなったけれども。

「本気で嫌がることはしていないつもりだが？」

「かなり本気で泣いたじゃん、俺！」

「恥ずかしかったせいだろう？　あるいは背徳感……罪悪感のようなものか。わたしが言ってるのは、君が精神的に……あるいは肉体的に傷つきそうなことだ」

確かにどちらにも傷を負ってはいない。裕理のなかにあった抵抗感は、快感に塗り潰される程度のものだったのだから。

ふいに加堂の手が背中から腰まで撫でていき、裕理はびくんと身を震わせた。

こんな場所でなにをと焦ったが、幸いにして通路を挟《はさ》んで並んでいる乗客は自分たちの話に夢中だ。背後は壁だし、前の乗客は家族連れで子供がにぎやかだから、こちらの会話を聞かれる心配がなかった。

「なにすんだよ、こんなとこで」

「なにもするつもりはない」

「嘘《うそ》くせぇ」

この旅行で裕理は加堂への認識をあらためた。彼はタガが外れると、恐ろしいほど貪欲《どんよく》になるらしい。さっきはケダモノと言ったが、実際はそこまでガツガツしていなかった。冷静に熱く、そしてねっとりと絡みつくようにして、裕理にむしゃぶりつき、とろとろに溶かして食らい尽くすのだ。

「名残惜しくてね」

「あれだけやって、気がすまねぇの？」

「帰ったら当分君を抱けないからな」

「だからって、やり溜めみたいなことやめてほしいんだけど」

「マンションだとゆっくりできないからいやなんだろう？」

「俺がしたいゆっくりは、した後に一緒のベッドで寝たりするやつだよ」

断じて四六時中することではなかった。むしろセックスなしでも同じベッドで眠れたら満足かもしれないのだ。

裕理の訴えに、加堂は少し考えるそぶりを見せた。そうしておもむろに口を開く。

「そんなことなら、今晩からでもしようか」

「え……でも……」

「呼ばない限り、彼らは掃除のとき以外に離れには来ないだろうし、勝手に部屋に入ってくることもなない」

「それはまぁ……そうだけどさ」

この数日間が嘘のように理知的な顔を見せる加堂だが、裕理はその裏にある意図をひしひしと感じていた。なにか企んでいますという気配を隠そうとしていないからだ。

「普通に寝るだけだからな？」

「セックスはなし、ということか？」

「当たり前じゃん。バレたらヤバいだろ」

「つまりバレなければいいいわけだろう」

「それが難しいから、いままでしなかったんだろ」

なにをいまさら、と言わんばかりに加堂を見たら、心外そうな顔をされた。どこか芝居がかって見えたのは気のせいじゃないだろう。

コツコツと、長い指先が肘掛《ひじか》けを叩《たた》く。表情はひどく意味ありげだった。

「君は思い違いをしている」

「は？」

「家でしなかったのは、君が嫌だと言ったからだ。バレなければいいというならば、遠慮する理由はないな」

「え、だって声とか……」

「キスで塞げばいい」

「ちょっ……いやでも、シーツとか汚れるじゃん……っ」

「汚さなければいい。汗くらいなら、問題ないだろうしな」

いくらでも手はあると言い、加堂は具体的な例を挙げていく。一つ挙げられるたびに、逃げ道が塞がれていくような気分になった。

もちろん嫌ではないが、やっぱり困るものは困る。

「バレても問題はないような気がするんだが……。おそらく吉野たちは気付かない振りをするはずだぞ」

「問題だよ！　俺が恥ずかしくて死ぬっ」

両手で顔を覆って下を向くが、隣で加堂が笑っている気配ははっきり伝わってきた。

どれだけ裕理が喚《わめ》こうが、きっと結果は変わらない。最初は加堂が提案したようになり、そのうち無造作に汚れたシーツを洗濯物に出すはめになるに決まっている。

そしてもう一つ決まっているのは、そんな事態になろうとも裕理がけっして加堂を嫌いにはならないことだった。

あとがき

初めまして、あるいはこんにちは。

今回の話は「すれっからしの純情」というコンセプトで考え始めたんですが、出来上がってみたら全然受けの子がすれっからしではなかった……。おかげでタイトルにしようとしていたのに使えなかった……。

タイトルといえば、私的にちょっと思い切ってみたんです今回。え、どこが？　と思われてるかもしれないけども。

担当さんとタイトルについて話しあうなかで、私が「イミテーション」を使いたいということを言い、では後に続く言葉は……となりまして。いろいろと検討したんですが、担当さんプッシュでプリンスになりました（笑）。

それはともかく……後ろの後日談みたいな話ですが、書いた記憶が薄いです。寝てるあいだに妖精さんでも書いてくれたんじゃね？　というくらい、薄い。特に後半はどうも意識朦朧としていたらしくて、あまり覚えていないです。

たまにあるんです、そういうことが。自動車保険を別窓口で同じ会社に二重契約して、保険会社から「どういうことっ？」「なにしてんのっ？」みたいに言われたこともあったし。

いやもうずいぶんと前の話ですが、あれは我ながら驚いた。というか、言われてなお思い出せない事実に戦慄した。いまだに一方の契約をした記憶はないんです。なのにどちらも確かに自分でしていたという恐怖……。いろいろとテンパっていた時期だったので、そのせいなんだろうなぁ。

まあでも今回はそのケースとは違うはずです。ただ眠かっただけかと。気がついたら朝だったし。

そんなこんなでここまで辿り着きました。陵クミコ先生には申し訳なさと感謝でいっぱいです。ありがとうございました。可愛い裕理と、ムチャクチャ格好いい加堂にニマニマしております。智紀もきれい～。

というわけで、ここまでお読みくださった皆様、次回智紀編でお会いできたら幸いです。ありがとうございました。

きたざわ尋子

✦初出　イミテーション・プリンス……………書き下ろし
true colors……………書き下ろし

きたざわ尋子先生、陵クミコ先生へのお便り、本作品に関するご意見、ご感想などは
〒151-0051 東京都渋谷区千駄ヶ谷 4-9-7
幻冬舎コミックス　ルチル文庫「イミテーション・プリンス」係まで。

幻冬舎ルチル文庫

イミテーション・プリンス

2014年8月20日　　第1刷発行

✦著者　きたざわ尋子　きたざわ じんこ

✦発行人　伊藤嘉彦

✦発行元　株式会社 幻冬舎コミックス
〒151-0051 東京都渋谷区千駄ヶ谷 4-9-7
電話 03(5411)6431［編集］

✦発売元　株式会社 幻冬舎
〒151-0051 東京都渋谷区千駄ヶ谷 4-9-7
電話 03(5411)6222［営業］
振替 00120-8-767643

✦印刷・製本所　中央精版印刷株式会社

✦検印廃止

ISBN978-4-344-83206-0　C0193　Printed in Japan

『秘密より強引』
きたざわ尋子
イラスト
神田猫
本体価格552円+税
とある秘密を抱え、息をひそめて暮らしてきた奎斗。ようやく緊張せずつきあえる友人ができた大学一年の春、その縁で院生の賀津と知り合い、どういうわけか居候させてもらうことに。美形で優秀でジェントルな賀津にスキンシップ過剰に甘やかされ、戸惑いつつ惹かれていく奎斗だが、賀津が自分の秘密に気づいているのでは、と気が気でなくて……?